ARCHE

Alina Herbing

Tiere, vor denen man Angst haben muss

Roman

ARCHE

S. 7: Zitat aus Mary MacLane,
Ich erwarte die Ankunft des Teufels, übersetzt von Ann Cotten,
Reclam Verlag, Stuttgart 2020, S. 35

MIX
Papier | Fördert gute Waldnutzung
FSC® C014496

ISBN 978-3-7160-2818-6

Originalausgabe
1. Auflage 2024

Gesetzt aus der PS Fournier
Satz: Pinkuin Satz und Datentechnik, Berlin
Druck und Bindung: GGP Media GmbH, Pößneck
Printed in Germany

www.arche-verlag.com
Facebook: ArcheVerlag
Instagram: arche_verlag

Für meine Geschwister

Doch obwohl wir Gabeln haben, sind wir nicht glücklich.

Mary MacLane, »Ich erwarte die Ankunft des Teufels«
(Deutsch von Ann Cotten)

Meine Mutter hatte mich nicht eingeschlossen. Doch hinter der einzigen Tür, durch die ich mein Zimmer hätte verlassen können, lief dieser riesige Hund auf und ab. Ich konnte seine knackenden Gelenke hören und die Tatzen auf dem Steinboden. Meine Stirn hatte ich gegen das Holz der Tür gelegt. Ich atmete so leise wie möglich. Sein Atem hingegen war laut. Er sog die Luft durch die Nase, als würde er meinen Körpergeruch inhalieren.

»Es ist deine eigene Schuld«, hatte meine Mutter mir schon so oft gesagt. »Die Hunde merken, dass du Angst hast. Du musst freundlich und freudig auf sie zugehen, dann passiert dir nichts. Sprich mit hoher Stimme, als wärst du ihre Mutter und sie deine Welpen.« Und ich hatte mich auf einer Decke gesehen, umgeben von fiependen kleinen Hunden, die nach meinen Zitzen suchten.

Ich legte meinen Zeigefinger auf die Türklinke. Brutus fing an zu knurren. Ich nahm den Finger wieder weg, und das Knurren verstummte. Bis jetzt war ich ihm immer entkommen. Als Ralf ihn das zweite Mal mitgebracht hatte und Brutus in der Diele mit fletschenden Zähnen auf mich zugelaufen war, hatte ich mich gerade noch so in den Flur retten und die Tür hinter mir zuschlagen können. Bei kleinen Hunden stellte ich mich nicht so an, aber Brutus war so groß wie ein Kalb und hatte den Körper und die Färbung eines Rottweilers.

Ich war schon zwei Mal von Hunden gebissen worden. Das erste Mal von einem Terrier, der mich von hinten ansprang, als ich durch den Flur ging. Meine Mutter saß rauchend am Küchentisch und telefonierte, als ich ihr die blutenden Punkte zeigte. »Ja, ja, verstehe«, sagte sie nur weiter in den Telefonhörer und pustete den Rauch in die blaue Küchenluft. »Ja, ja, das geht so nicht.«

Als ich begriff, dass sie nicht mit mir sprach, wusste ich auch, sie würde keine Anstalten machen, das Telefonat zu beenden. Ich ging in die Speisekammer, fand in dem Schränkchen neben dem Kühlschrank eine klebrige Flasche Jod, die Mitte der Achtzigerjahre abgelaufen war, setzte mich auf den Stuhl, auf den wir stiegen, um an die oberen Regalfächer zu kommen, und tupfte mir die rotbraune Flüssigkeit mit einem Taschentuchfetzen auf die Wunden. Jetzt waren es nur noch zwei schrumpelige Narben.

Auch von dem zweiten Biss habe ich eine Narbe, am linken Arm. Meine Mutter hatte mich von der Schule abgeholt, mit irgendeinem Mischling auf dem Beifahrersitz, der nicht so aussah, als würde er freiwillig wieder auf die Rückbank springen.

»Na komm, mein Kleiner«, sagte sie nur, als ich die Autotür aufmachte. »Du musst jetzt leider wieder hinten sitzen.«

Aber der Hund bewegte sich nicht. Er saß hechelnd

da, als müsste er nur stur genug sein und sitzen bleiben, bis ich nachgab.

»Geh jetzt nach hinten!«, sagte meine Mutter. »Na los.« Als er immer noch nicht hörte, holte sie ein Schweineohr aus dem Handschuhfach und warf es auf die Rückbank. Der Hund sprang sofort hinterher, und ich setzte mich auf den Beifahrersitz. Um mehr Platz zu haben, legte ich meinen Turnbeutel nach hinten, und der Hund biss zu.

»Mama!«, sagte ich und hielt den Arm, an dem der Hund hing, so still wie möglich.

»Aus, Streuner!«

Meine Mutter gab ihm einen Klaps auf den Kopf, Streuner ließ los. Mein Ärmel war eingerissen und voller Hundespucke. Das Loch in der Haut, das zum Vorschein kam, als ich den Ärmel nach oben schob, sah tiefer aus, als es sich angefühlt hatte. Blut stand bis oben hin. »Das desinfiziere ich dir zu Hause«, sagte meine Mutter. »Hundebisse darf man eh nicht nähen.«

Ich fing an zu weinen. Nicht, weil es wehtat, es brannte nur ein bisschen.

»Der dachte, du willst ihm sein Schweineohr wegnehmen«, sagte meine Mutter und fuhr los. »Bleib jetzt einfach still sitzen.«

Ihre Arme waren übersät von blauen Flecken und Blutergüssen in den unterschiedlichsten Farben. Ihr rechter Ringfinger stand krumm vom Lenkrad ab, das Gelenk unterhalb des Nagels war schorfverkrustet.

Dass sie zum Arzt gehen sollte, hatte ich ihr schon zu oft gesagt.

»Was soll der denn machen?«, sagte sie dann nur.

Das sagte sie auch, wenn ich wegen irgendetwas zum Arzt gehen wollte. Zum Beispiel, als ich nach einem Fahrradunfall meinte, mir die Rippen gebrochen zu haben. Ein paar Wochen fühlte ich ein Stechen beim Atmen und im Sportunterricht. Erst ein Jahr später, als ich Brüste bekam und begann, mir meinen Körper genauer anzusehen, merkte ich, dass mein Brustkorb auf der einen Seite anders aussah. Die unteren Rippen hatten einen Knick und wölbten sich ein bisschen nach außen.

Da meine Mutter früher als Intensivkrankenschwester gearbeitet hatte, glaubte sie, genug über Krankheiten und Knochenbrüche zu wissen, um uns alleine versorgen zu können. Sie brachte abgelaufene Medikamente mit nach Hause, die der Auffangstation gespendet worden waren, und behandelte sich und uns damit. Einmal hatte sie zwei Tage lang Halluzinationen, weil sie irgendein Medikament genommen hatte, das eigentlich nur für Hunde und Katzen bestimmt war.

Ich hörte Brutus' Tatzen auf dem Steinboden, das Knacken seiner Glieder, aber das änderte nichts. Niemand hatte mein Klopfen und Rufen gehört, da war ich mir sicher, und meine Blase fühlte sich mittlerweile unerträglich voll an. Meine Mutter war nicht zu Hause, und selbst wenn Ralf da gewesen wäre, hätte er mich nicht befreit.

Ronjas Zimmer lag auf der anderen Seite des Flurs. Sie hatte genauso viel Angst vor Brutus wie ich. Was hätte sie tun sollen? Sie konnte von ihrem Zimmer aus zwar in die Speisekammer und von dort in die Küche, aber auch die führte letztendlich nur wieder auf den Flur.

Ich ging zum Fenster. Die Lindenblätter verfärbten sich langsam. Noch nahmen sie mir die Sicht auf die Straße, aber im Winter würde ich bis zum Dorfplatz gucken können. Ich öffnete das Fenster, lehnte mich raus, um das Treppengeländer am Hauseingang zu erreichen, aber ich kam nicht ran. Schon als Kind hatte ich ein paar Mal fast versucht, daran hinunter in den Garten zu klettern, mich dann aber doch nie getraut. Ich sah, dass Ronjas Fenster offen stand. Sie konnte aus ihrem Zimmer auf das Dach der Hundehütte steigen und in den Garten springen. Ich hatte nur drei klapprige Mülltonnen auf meiner Seite, die zu weit weg standen.

Auch das Häuschen, in dem das Plumpsklo war, konnte ich von meinem Fenster aus gerade so sehen, wenn ich mich weit hinauslehnte. Auf der Weide, auf der es stand, lebten Hänsel und Gretel, zwei Wildschweine, die tagsüber meistens schliefen, nachts aber den Boden umpflügten. Dort gab es kaum noch Gras, sondern nur noch Matsch. Es war nicht so, dass ich besonders gern aufs Plumpsklo ging, es stank nach einer Mischung aus Staub, Gülle und Ammoniak, und wenn du nicht schnell genug über die Weide liefst, waren Hänsel und Gretel bei dir und stießen ihre matschigen Nasen gegen deine

Beine, aber das Plumpsklo war das einzige Klo, das wir hatten.

Ich nahm die Tasse vom Schreibtisch, trank den letzten Schluck kalten Früchtetee und hockte mich darüber. Als die Tasse fast voll war, hörte ich auf zu pinkeln, beugte mich über das Fensterbrett und schüttete sie in den Garten aus. Dann das Ganze noch mal und noch mal und noch mal, bis meine Blase leer war.

Mit einer Hand zog ich mir schließlich die Hose hoch, bis sie gerade so meinen Po bedeckte und mein Slip noch irgendwo eingerollt darunter hing. Ich schüttete den letzten Rest durch die Blätter des Holunderbuschs, ein Tropfen lief mir den Oberschenkel runter, und in dem Moment kam so eine Mischung aus Wut und Traurigkeit in mir hoch, ich konnte gar nicht anders, als diese beschissene weiße Tasse mit all meiner Kraft gegen den Stamm der Linde zu schmettern, sodass die Scherben überall durch den Garten flogen. Eine klirrte sogar gegen meine Scheibe. An der Rinde war ein winziger weißer Fleck. In der Erde lagen die Scherben, und ich hoffte, die Hunde würden sich ihre Tatzen daran aufreißen.

Die Luft war kühl und beruhigte mich ein wenig, aber sie hatte auch etwas Modriges, als wäre auf dem Milchviehbetrieb eine Kuh gestorben, die der Abdecker noch nicht abgeholt hatte. Der Garten war zugewuchert, all die Beete, in denen meine Mutter mal Zwiebeln und Kartoffeln angepflanzt hatte, waren nicht mehr zu erkennen. Der Weg, der bis zum Gartentor und von dort zur

Straße führte, war nur noch ein Trampelpfad, auf dem man aufpassen musste, nicht in Hundekacke zu treten. Rex humpelte den morschen Zaun entlang.

Ich schaltete meinen Radiowecker ein, hörte aber bloß Rauschen. An manchen Tagen hatte ich nur Empfang, wenn ich die Antenne oben an der Spitze zwischen Daumen und Zeigefinger festhielt, als würden die Radiowellen aus meinem Körper kommen. Aber an diesem trüben Tag funktionierte nicht mal das.

Meine Wut wurde so groß, dass ich keine Sekunde länger in diesem Zimmer bleiben konnte. Ich zog meine Jacke an und meine Stiefel, kletterte aufs Fensterbrett, drehte mich um, ging in die Hocke und suchte Halt, mit dem vorderen Teil meiner Sohlen an der Hauswand und mit meinen Fingern an der Unterseite des Fensterrahmens, in dem sich Spinnen ihre Nester gebaut hatten. Die Metallkanten schnitten in meine Finger. Kurz hing ich so, nur gehalten von meinen Armen, und ich stellte mir schon vor, ich würde mit gebrochenem Knöchel im Garten liegen, bis meine Mutter mich fand, dann rutschten meine Sohlen die Hauswand hinunter, und ich saß in der aufgeweichten Erde, zwischen dem Haus und den Mülltonnen, meine Finger dreckig und aufgeschürft, und es roch nach Urin.

An das Haus, in dem wir zur Welt gekommen waren, konnte ich mich noch erinnern. Ronja nicht mehr, aber sie liebte es, wenn ich ihr davon erzählte. Als sie jünger gewesen war, hatte sie mich oft gebeten, ihr die Geschichte ihrer Geburt zu erzählen. Es ist das Erste, an das ich mich überhaupt erinnere.

Unser Au-pair-Mädchen passte auf uns auf, in ihrer Einliegerwohnung unter dem Dach. Maral weinte die ganze Zeit, jammerte und betete und befahl Helge, ihr Pinimenthol aus einem Gläschen in die Augen zu schmieren, damit sie noch besser weinen konnte. Sie saß auf dem Klodeckel ihres Badezimmers, und Helge stand vor ihr und schmierte ihr mit äußerster Sorgfalt die Erkältungssalbe auf die Lider, unter die Augen und an die Augeninnenseiten. Die dicke Salbe klebte in ihren Wimpern, und Maral weinte und weinte. »Die arme Mutter«, jammerte sie. »Eure arme Mutter. Sie wird sterben. Sie wird sterben. Mehr Pinimenthol! Mehr Pinimenthol! Eure arme Mutter.« Ich stand in der Badezimmertür und beobachtete das Ganze. Wo Lasse war, weiß ich nicht mehr.

»Mehr Pinimenthol!«

Als der Frauenarzt Ronja in der Gebärmutter meiner

Mutter ausfindig gemacht hatte, hatte er im Gebärmutterhals auffällige Zellen entdeckt, die, wenn sie es nicht schon waren, »in naher Zukunft mit hoher Wahrscheinlichkeit zu Krebs werden« würden. Er riet meiner Mutter, sich das betroffene Gewebe sofort entfernen zu lassen, da sich der Krebs schnell ausbreiten und das ihren Tod bedeuten könnte. Da der Teil, der entfernt werden sollte, meine kleine Schwester in der Gebärmutter hielt, entschied sich meine Mutter jedoch dagegen und beschloss, sich den Rest der Schwangerschaft ausschließlich von ihrer Hebamme betreuen zu lassen, die regelmäßig zu uns nach Hause kam und ihren langen hölzernen Abhörstab an den Bauch meiner Mutter setzte. Durch den gleichen Stab hatte sie auch schon Helges Herztöne gehört und meine und die von Lasse. Und auch wir waren in dem Bett auf die Welt gekommen, in dem meine Mutter an diesem Tag in den Wehen lag.

Mein Vater rief uns nach unten. Ich erinnere mich daran, wie ich als Erste die Treppe herunterkomme, weil Helge und Maral noch mit dem Pinimenthol beschäftigt sind. Ich sehe den Kopf meiner Schwester neben der Brust meiner Mutter auf dem Laken liegen. Sie hat drei braune Locken, die auf ihrer Kopfhaut kleben. Die Hebamme sitzt am Schreibtisch und notiert etwas in eine große Tabelle. Mein Vater nimmt mich an die Hand und geht mit mir um das Bett herum ans Fußende, damit auch Helge und Maral die Möglichkeit haben, ans Bett zu treten. Ich bleibe neben einem Eimer stehen, der gefüllt ist mit Blut und Schleim und etwas, das aussieht wie Fleischstücke. Den Eimer finde ich noch interessanter als meine kleine Schwester.

Meine zweite Kindheitserinnerung hat auch mit der Treppe zu tun, die zu Marals Einliegerwohnung führte. Maral stand auf einer der unteren Stufen und mein Vater auf dem Boden davor, sodass ihre Köpfe auf gleicher Höhe waren. Maral lachte und sagte immer wieder »Nein« und »Lass das!«, aber durch ihr Lachen klang es, als würde sie es eigentlich gar nicht so meinen, und mein Vater strich sich über den stoppeligen Bart auf seinen Wangen, und dann strich sie ebenfalls darüber. »Das pikst«, sagte sie und zog schnell ihre Hand weg und lachte wieder und sagte »Hör auf!«.

Das dritte Ereignis, das ich in meinem Leben für erinnerungswürdig hielt, fand im Herbst des Jahres statt, in dem meine Schwester zur Welt gekommen war. Ich huschte hinter meinem Vater aus dem Haus und folgte ihm durch den Garten. Eigentlich durften wir Kinder das Haus nicht verlassen an solchen Tagen in diesem Herbst, aber als mein Vater mich entdeckte, wollte er nicht umdrehen und mich zurückbringen. Er nahm mich an die Hand, schob das große Tor zur Seite, und wir gingen die lange Einfahrt zur Straße hoch. Das scheppernde Knattern wurde immer lauter, je näher wir den kleinen Autos kamen, die vor unserer Einfahrt standen. Die meisten waren beige, aber es gab auch hellgelbe, hellblaue und grüne.

»Und der in Orange, das ist ein Wartburg«, erklärte mir mein Vater. »Das ist in der DDR so was wie unser Mercedes.«

Die Trabis sahen für mich wie große Spielzeugautos aus. Die Menschen darin mussten sich mühsam hineingezwängt haben. Wir waren nicht die Einzigen, die auf dem Bürgersteig standen, um sich das Ganze anzusehen, auch vor den anderen Häusern hatten sich kleine Grüppchen von Anwohnern gebildet, die die sich kaum vorwärts bewegenden Autos beobachteten.

»Warum ist hier eine Kiste mit Bananen?«, fragte ich meinen Vater, als ich den Pappkarton bemerkte, der neben der Laterne stand. Es waren allerdings nur zwei ziemlich kleine Bananen drin.

Doch mein Vater war nicht mehr bei mir, er stand direkt neben einem Trabi, hatte sich runtergebeugt zu dem offenen Beifahrerfenster und unterhielt sich mit einer Frau mit lockigen Haaren. Als ich die Straße hochsah, entdeckte ich noch mehr Pappkartons auf dem Bürgersteig. Ich war gerade losgelaufen, um zu sehen, ob auch in ihnen Bananen lagen, aber mein Vater rief mich schon nach ein paar Schritten zurück.

»Komm, hier kriegt man ja keine Luft«, sagte er, und wir gingen zurück zu unserem Grundstück.

Tatsächlich bestand die Luft aus bläulichem Dunst. Auch über unserem Garten lag dieser Nebel, und er sollte sich den ganzen Winter nur an wenigen Tagen verziehen. Wenn die Wolken tief hingen und kein Wind wehte, erlaubte unsere Mutter uns nicht rauszugehen, aber auch in unserem Haus hatte sich der Gestank mittlerweile ausgebreitet.

Nur abends konnten wir zum Einkaufen fahren, dann war die Spur nach Lübeck frei, dafür stauten sich die Trabis auf der Seite, die zur Grenze führte, und wir brauchten ewig, um wieder nach Hause zu kommen. Wir bekamen unser Abendbrot von unserer Mutter auf die Rückbank gereicht, die gerade gekauften Bio-Brötchen und Soja-Würstchen aus dem Reformhaus. Meist waren wir eingeschlafen, wenn wir irgendwann aus der Trabischlange in unsere Einfahrt bogen.

Wir wohnten in einer Villa am Stadtrand damals, in der Nähe des Hafens, neben einer Fischkonservenfabrik, deren Gestank in unseren Garten wehte, wenn der Wind von Norden kam. Unser Grundstück war umgeben von einer Mauer, bewachsen von Wildem Wein, die uns abschirmte von der Welt um uns herum, zumindest für ein paar Jahre, denn die von Abgasen und Fischgeruch getränkte Luft konnte auch die Mauer nicht aufhalten, ebenso wenig wie die vergifteten Fische, die unsere Katzen töteten.

Das Haus hatte vor uns dem Inhaber der Fischkonservenfabrik gehört, der einsam in der Villa gelebt hatte, bis er sich im Alter von siebenundfünfzig Jahren entschloss, einen Strick in das Gebälk des Dachbodens zu binden, wo er wenige Tage später von seiner Putzfrau gefunden wurde. Den Gerüchten nach war er homosexuell gewesen und an Aids erkrankt. In den vielen Zimmern gab es Schränke voll ungetragener Sakkos, Hemden und Pullunder, die ein Vermögen wert waren. Der Neffe, der die Verwaltung des Erbes übernommen hatte, ließ den Großteil der Kleidung von einer Sammelstelle des Roten Kreuzes abholen und übergab den Verkauf einem Maklerbüro, das aufgrund der Selbstmordgeschichte Schwierigkeiten hatte, einen Käufer zu finden, bis meine Eltern schließlich, möglichst rasch, noch vor Helges Geburt, unterzeichnen wollten. Mein Vater hatte es eilig, weil er nach der Offenbarung der Schwangerschaft meiner Mutter von seiner Frau vor die Tür gesetzt worden und in eine billige Pension in der Nähe der Klinik, an der er arbeitete, gezogen war. Meine Mutter hatte es eilig, weil sie seit der durch die Schwangerschaft mitverursachten Trennung von ihrem Ehemann im Gartenhäuschen meiner Großeltern wohnte, was in Hinsicht auf die sinkenden Temperaturen und die steigenden Spannungen zwischen meinen Großeltern und ihrer einzigen Tochter als Dauerlösung nicht infrage kam.

Darum standen meine Eltern also, sie 31, er 46 Jahre alt, im Spätsommer in dem verwunschenen Garten, die Mauern rot vor Wildem Wein, die nahe Straße nicht zu hören, der Fisch nicht zu riechen, und die Trabis waren noch Jahre entfernt. Meine Mutter sah die Gemüsebeete, die sie anlegen würde, die Kinder, die im Laub spielten, und strich sich verträumt über den runden Bauch, während mein Vater mit dem Makler das Vertragliche besprach. Wind kam vom Meer, und meine Mutter bildete sich ein, das Salz zu riechen und gleich viel besser atmen zu können.

Kurz nachdem sie von der Schwangerschaft erfahren hatte, war sie zusammengebrochen, konnte sich kaum noch bewegen, weil sie keine Luft mehr bekam. Es war kein akuter Asthmaanfall, vielmehr fühlte es sich an, als würde nur noch ein unbefriedigend kleiner Teil der Luft, die sie einatmete, in ihrer Lunge ankommen. Mit letzter Kraft und der Hilfe ihrer vierzehnjährigen Tochter packte sie die nötigsten Sachen zusammen, verließ das Haus ihres Mannes, stieg in ihre Ente und fuhr mit Anna auf dem Beifahrersitz und ihrem Riesenschnauzer Baldur auf der Rückbank die wenigen Kilometer aus der Stadt hinaus zum Haus ihrer Eltern, die selbst nicht da waren, weil sie den Sommer im Bayerischen Wald verbrachten.

Meine Mutter wurde von ihrer Tante, die im hinteren Teil des Hauses wohnte, herzlich aufgenommen, ins Gästebett gesteckt und mit Hühnersuppe versorgt. Baldur wurde von den Katzen angefaucht. Anna wurde mit abgelaufener Schokolade verwöhnt und musste sich zum zehnten Mal die Sammlung der Katzenpfoten ansehen, die Tante Elsie in der obersten Kommodenschublade in ihrem Schlafzimmer aufbewahrte.

Als mein Vater zu Besuch kam und meine Mutter

kaum atmend, kaum sprechend in dem staubigen Zimmer vorfand, bat er Tante Elsie, telefonieren zu dürfen, ließ sich in den Flur hinunterführen, zog sein Notizbuch aus der Innenseite seines Jacketts und wählte die Nummer eines Verwalters von Ferienhäusern in Dänemark.

Zwei Tage später trug er meine Mutter aus dem Haus, setzte sie auf den Beifahrersitz seines Mercedes und fuhr mit ihr an die Jammerbucht. Nach einem Nachmittag auf der Terrasse, mit einer Decke auf den Beinen und Blick über die Dünen, ging es meiner Mutter schon viel besser, mehr und mehr Sauerstoff erreichte ihre Lungen, erreichte auch meinen Bruder in ihrem Bauch. Jeden Tag ging sie ein paar Schritte weiter, wanderte schließlich mit Baldur und meinem Vater durch die Dünen zum Strand, lief durch die Gischt und sammelte angespülte Muscheln und Steine. Schon auf diesen Spaziergängen sprachen sie von einem gemeinsamen Haus, von Hühnern und selbst angebautem Gemüse. Doch damals schien es beiden noch wie ein Traum, der sowieso nie wahr werden würde. Eine Vorstellung, die nur im gemeinsamen Aussprechen besteht und in der Erinnerung als etwas, das man sich mal gewünscht hatte. Aber nein, der Gedanke blieb im Kopf meiner Mutter. Nicht nur die Meeresluft, auch die Vorstellung von diesem Haus ließ meine Mutter wieder gesund werden.

Der Gedanke daran trug sie durch den Sommer, den sie mit Anna und Baldur in dem Gartenhäuschen meiner Großeltern verbrachte. Und während sie an dem alten Tisch neben den Haselnusssträuchern saß und auf ihre nächste Nachhilfeschülerin wartete, blätterte sie die Tageszeitungen und Anzeigenblätter durch, auf der Suche nach genau diesem Haus, in dessen Garten sie Wochen später stand und sich einbildete, Meeresluft zu riechen.

Der gleiche Garten, den sie fünf Jahre später nicht mehr betreten konnte, ohne sich ihr Halstuch vor die Nase zu drücken. So schritt meine Mutter in diesem März durch die gefrorenen Efeublätter auf der Suche nach Golda. Noch nie war sie so lange weg gewesen. Vielleicht hatte sie nicht mehr über die Straße gefunden, weil der Verkehr sie verwirrt hatte. Aber warum dann gerade jetzt, wo die Trabis weniger wurden? Vielleicht, aber das wollte sie sich eigentlich nicht vorstellen, war Golda überfahren worden, und sie sollte nicht den Garten, sondern gleich den Straßenrand absuchen. Golda war nicht mehr die Jüngste, aber dafür, dass ihr ein Auge fehlte, noch ziemlich erfolgreich darin, kleine Vögel zu schnappen, die jeden Morgen auf der Treppe vor der Haustür lagen.

»Golda!«, rief meine Mutter, obwohl sie wusste, dass sie, wenn sie hier irgendwo herumstromerte, längst zum Fressen ins Haus gekommen wäre. Der eigentliche Grund, weshalb meine Mutter die Mauer ablief, war doch der, dass sie befürchtete, Golda irgendwo zu finden. Vielleicht hatte sie sich ein ruhiges Plätzchen gesucht, um friedlich einzuschlafen. Mittlerweile war das die Lösung, die sich meine Mutter am meisten wünschte. Ja, sie hoffte sogar, Golda friedlich schlafend in der Sonne zu finden. Wenn sie irgendwo verletzt läge, hätte sie den Frost der letzten Nächte wohl kaum überlebt. Der Efeu knisterte unter ihren Gummistiefeln. Der Raureif bröselte von den Blättern.

Seit Langem war sie das erste Mal wieder allein. Sie konnte sich gar nicht mehr daran erinnern, wann sie zuletzt ohne eins der Kinder auf dem Arm oder an der Hand das Haus verlassen hatte. Bei einer Versammlung von Amnesty International oder den Grünen musste das gewesen sein, aber bei beiden war sie schon seit Lasses Geburt nicht mehr gewesen. Monate war sie danach wie abgetaucht. Es war die schwerste ihrer fünf Geburten gewesen, und dann wollte er nicht trinken, wurde immer dünner. Sie wog ihn vor dem Stillen, nach dem Stillen, trug alles in die Tabelle ein und versicherte sich alle paar Minuten, dass er noch lebte. Die Hebamme kam jeden Tag in den ersten sechs Wochen, bis die Kurve endlich stetig nach oben ging. An viel mehr konnte sie sich aus dieser Zeit gar nicht erinnern. Alles hatte sich nur noch um Lasse gedreht. Es war ein eisiger Winter gewesen, das Holz war ständig alle, und sie zog den Kindern die dicksten Wollsachen an, bis Anna aus der Schule kam und sich um das Heizen kümmern konnte.

Jetzt fühlte sie sich so leicht wie schon lange nicht mehr. Als hätte sie kiloweise abgenommen. Sie hatte Ronjas Geburt überlebt, die OP gut überstanden, und es sah so aus, als hätte alles Gewebe entfernt werden können. So fühlte es sich an, sie selbst zu sein, ein Mensch, eine Person, einfach nur sie. Sie konnte schneller gehen. Kam viel leichter voran. Die Backsteinmauer neben ihr, die blattlosen Weinranken, die sich darüberzogen. Tränen stiegen in ihr auf. Sie strich das Tuch von der Nase, atmete frei, sog die kalte, nach Fisch und Abgasen stinkende Luft in die Lungen, auf der Suche nach einer vermutlich toten Katze, dem Einzigen, was Tante Elsie ihr vererbt hatte, eins der wenigen Tiere, die hier noch überlebt hatten.

Der Garten war immer noch wunderschön. Die uralten Bäume, Rotbuchen, Kastanien, die Eiche, der Wilde Wein und der Efeu, die alles überzogen, die Mauer und den Boden, den ganzen Garten, den sie eigentlich nicht mehr betreten konnten, seitdem sie nicht mehr am Ende der kapitalistischen Welt lebten, sondern mittendrin. Konnten sie die Kräuter überhaupt noch essen, nachdem sie den Winter über im Trabi-Dunst gewachsen waren? Müsste das Gift nicht auch im Boden sein, aus dem die Hühner ihre Würmer zogen, und damit in den Eiern und in ihr und in ihrer Muttermilch und in den Kindern?

Da lag Golda, die Augen nur halb geschlossen. Schaum vor dem Mund, aus dem sich die ersten Maden wanden. Die Beine ausgestreckt, als hätte sie jemand einfach über die Mauer geworfen. Meine Mutter sank auf die Knie und strich Golda über das rote Fell, brachte den Raureif zum Schmelzen, der sich an den Haarspitzen gebildet hatte.

Mit der halb gefrorenen Katze im Arm lief sie zurück durch den Garten und spürte den Geruch von Getreidespeichern, Fisch und Abgasen in ihren Körper dringen. Der Gestank ist gar nicht das Schlimme, es ist das, was man nicht riechen kann, hörte sie sich selbst den Kindern erklären. Ihr liefen Tränen über die Wangen, und sie musste wieder an Tschernobyl denken. Wie sie Helge draußen hatte spielen lassen, in den Tagen, bevor sie in der Zeitung von der Strahlung erfahren hatte, und die Angst in den Wochen danach, die Milch zu trinken, den Salat zu essen. Damals hatte sie zum ersten Mal gespürt, dass sie nicht mal hier sicher waren, nicht mal hinter dieser Mauer. Und dann diese expandierende Fischkonservenfabrik, die ihre Katzen vergiftete, um sie aus dem Haus zu vertreiben, und die Trabis, die ihr und ihren Kindern die Luft zum Atmen nahmen. Wo sollten sie denn noch hin? Sie blieb stehen, rückte die Katze auf ihrem linken Arm zurecht, hielt sie nur noch auf dem Unterarm, mit dem Kopf in der Armbeuge, wie ein Baby. Das Fell war so weich. Sie griff in ihre Jackentasche, das Asthmaspray, das Asthmaspray. Da war es. Sie sog die Aerosole ein, so tief sie konnte, hielt die Luft an und spürte die erleichternde Wirkung, als sie wieder leichter atmete. Aber was tat sie da überhaupt? Wollte sie die Luft überhaupt einatmen? Sträubte sich ihr Körper nicht zu Recht dagegen? Sie ließ das Spray wieder in die Tasche gleiten. Schaum war aus Goldas Mund auf ihren Ärmel gelaufen. Sie mussten hier weg. So schnell wie möglich.

Das Rapsfeld, das an unsere Ostweide grenzte, sich bis hinter die Scheune zog und unseren Hof damit zur Hälfte umschloss, war in der Nacht abgemäht worden. Bis zum Wald sah man nur Stoppeln, manche komplett umgeknickt, andere standen noch schief nebeneinander. Der Himmel war voller Wolken, und es wehte kein Wind. An der Stelle, an der der Drahtzaun schon so weit herunterhing, dass ich einfach drübersteigen konnte, ging ich aufs Feld. Etwa zwanzig Meter von unserem Hof entfernt lag etwas, ein schwarzer Fleck, Gestrüpp oder ein Erdklumpen. Erst als ich schon fast da war, sah ich, dass es ein Marderhund war, noch ziemlich frisch, das Fell nur leicht verklebt vom Tau, der Bauch aufgebläht wie eine dieser Pappmaschee-Figuren, die wir aus Luftballons gemacht hatten, in der vierten Klasse. Die Mähdrescher waren die ganze Nacht gefahren, mit ihren Scheinwerfern und dem Dröhnen der Motoren. Ein Auto fuhr auf der Straße, die nach Restorf führte, ein kleines rotes, hinein ins Dorf.

Noch nie hatte ich ein totes Tier so nah an unserem Hof gefunden. Es musste daran liegen, dass es schwerer und schwerer wurde für die Bauern, die Maschinen zur richtigen Zeit zu leihen. Darum mähten sie immer öfter auch nachts. Es war schon September, für die Rapsernte ungewöhnlich spät. Die Pflanzen waren mit Disteln, Ackerwinden und Kornblumen zu einem undurchdringlichen Dickicht zusammengewachsen, durch das sich nur kleine Tiere einen Weg hatten bahnen können.

Ich suchte den Himmel ab, aber da war kein Bussard, kein Seeadler, nicht mal Kolkraben oder Möwen, die sonst an den Erntetagen über den Feldern kreisten.

Dafür sah ich jemanden in Schwarz auf der Straße hinter dem Dorf den Berg hinaufgehen. Ronja, es konnte sonst niemand sein. Die Leute aus dem Dorf gingen nicht spazieren. Die Einzige, die manchmal auf den Berg joggte, war Simone, die alleinstehende Ärztin, die auch aus Lübeck hierhergezogen war, aber sie hatte eine pinke Jacke, die man von Weitem leuchten sah. Sonst fuhren nur Horst und Erika manchmal den Berg hoch. Sie waren so dick, dass sie nicht mit ihrem Hund spazieren gehen konnten, aber selbst, wenn sie dünner gewesen wären, war ich mir nicht sicher, ob sie es getan hätten. Sie hielten dann an der Einfahrt zu den Windrädern, Horst stieg aus und ließ den Hund aus dem Kofferraum, setzte sich zurück in den Wagen und machte die Tür zu. Der Hund, ein Golden Retriever, lief wie wild die Wegränder entlang, schnüffelte alles ab, die Spuren und Fährten der Tiere. Nach einer halben Stunde stieg Horst wieder aus und pfiff den Hund zu sich, der brav in den Kofferraum sprang. Das hatten Ronja und ich schon oft von Weitem beobachtet, wenn wir mit Kalle spazieren gegangen waren, dem wir schnell einen Maulkorb umgemacht hatten. Aber Kalle interessierte sich mehr für den Geruch der Wildtiere am Feldrand.

Ronja ging schnell und bestimmt. Wahrscheinlich lernte sie für eine Klassenarbeit. Sie hatte dann einen ihrer Hefter dabei und sagte den Stoff immer wieder laut vor sich hin. Ich fragte mich, ob sie mich sah. Doch sie blieb nicht stehen. Bald war sie oben auf der höchsten Stelle des Berges, dort, wo die Schlehenbüsche standen, hinter denen sie verschwand. Nur zwischen den Gräsern tauchte sie noch mal auf, bevor sie nicht mehr zu sehen war, und ich wusste, sie würde den Weg zum kleinen Wald nehmen.

Ich musste runter von diesem Feld. Meine Stiefel waren schon voller Lehm, der mich nach unten zog. Ich warf noch einen Blick auf den Marderhund neben mir, dann ging ich auf unseren Hof zu. Das Feld klammerte sich an mich, aber ich riss mich los. Ich schwitzte. Ich zog mir den Schal vom Hals. Ich brauchte Luft, aber es war keine da. Der Lehm wurde mehr und mehr, bis große Brocken von meinen Sohlen abfielen und sich neuer Lehm an meine Stiefel klebte. Dort war der Zaun, die Stelle, an der ich auf das Feld gegangen war, doch da sah ich den Trabi meiner Mutter auf den Hof fahren und neben der großen Regentonne zum Stehen kommen. Ich wollte ihr nicht begegnen. Ich wollte nicht gleich angerannt kommen, wenn sie nach Hause kam, als hätte ich auf sie gewartet. Ich sah sie aussteigen, zwei Hunde liefen schnüffelnd über den Misthaufen, bevor sie ihr ins Haus folgten.

In der Pfütze neben mir spiegelte sich der Himmel, und ich stellte mir vor, ich würde kopfüber hineinspringen und von dort in eine neue Welt gelangen, die unter unserem Hof, unter der gesamten Erde lag. Ich müsste nur ein bisschen tauchen, das Regenwasser würde mich waschen und abkühlen. Mit klarem Kopf tauchte ich am Ufer eines Flusses wieder auf, der durch eine sanfte Graslandschaft floss. Dort ging ich an Land und trocknete in der Sonne. Leonardo DiCaprio legte mir eine Decke über die Schultern und sammelte Holz für ein Lagerfeuer, an dem wir später sitzen und in die Sterne sehen würden.

An der Streuobstwiese schabte ich die letzten Lehmreste am Wilddraht von meinen Schuhen und kletterte über den Zaun. Der Draht bog sich unter meinen Füßen, der Pfahl wackelte. Eigentlich durften wir nicht über die Zäune klettern, damit sie nicht weiter zusammenfielen.

Im Gras lagen kleine, rot leuchtende Äpfel zwischen schimmeligen Hundekackehaufen. Ich kletterte in den alten, schief gewachsenen Baum am Ende der Wiese, riss einen Apfel ab und biss hinein. Er war noch ziemlich sauer, aber nicht mehr zu weit entfernt von reif. In unserem ersten Herbst auf dem Hof hatten wir große Bettlaken unter den Bäumen ausgebreitet, alle Äpfel aufgesammelt und sie zu einer Saftpress-Station gefahren, von der wir dann kistenweise Apfelsaft bekommen hatten. Das machte hier jeder auf dem Dorf so. Außerdem hatten wir Äpfel mit einem Apfelpflücker gepflückt und sie in Kisten mit Stroh gelegt, damit sie keine Druckstellen bekämen, den Winter über hielten und wir immer Äpfel hätten. Ein paar waren trotzdem gefault oder hatten irgendwann zu viel Frost bekommen. Sie schmeckten muffig, und auch wenn sie außen noch gut aussahen, waren sie innen oft braun. Vielleicht, weil wir sie im Keller gelagert hatten, in dem bei zu viel Regen Wasser stand, durch das wir mit Gummistiefeln waten mussten, um an die Äpfel zu kommen. Manchmal hatten wir dicke Kröten in den Kisten gefunden oder Eidechsen die Wände hochhuschen gesehen.

Ich riss die zwei Äpfel ab, die am rötesten aussahen, und steckte sie mir in die Jackentasche, sprang auf die Wiese und kletterte über den Zaun zurück zum Feldrand. Von dort sah ich den überquellenden Briefkasten. Den Schlüssel hatte meine Mutter schon lange verloren oder absichtlich verschwinden lassen. Wenn wir ihr sagten, der Briefkasten sei voll, meinte sie bloß, es seien ja sowieso nur Mahnungen drin. Außerdem bekomme sie ihre Finger nicht durch den Schlitz. Wenn wir Post wollten, sollten wir sie selbst holen.

»Aber die Mahnungen bekommen wir doch nur, weil die Rechnungen so lange im Briefkasten stecken«, sagte ich.

Anfangs hatten wir die Post noch alle paar Tage geholt, sodass die Klappe zuging und die Briefe nicht nass wurden, aber meine Mutter bekam schlechte Laune, wenn wir ihr Rechnungen auf den Küchentisch legten, und fauchte uns an, wir sollten lieber was Sinnvolleres tun, die Diele fegen, abwaschen oder die Wäsche zusammenlegen. Darum holte ich die Post wirklich nur dann, wenn die ersten Werbeprospekte oben herausfielen und am Straßenrand in die Gräser geweht wurden. Die aufgeweichten Briefe legte ich nicht auf den Küchentisch, sondern irgendwo anders hin im Haus, wo meine Mutter sie nicht sofort sehen, aber irgendwann finden würde, wenn wir nicht in der Nähe waren. Hauptsache die Postfrau glaubte nicht, wir würden uns um unsere Sachen nicht kümmern.

Diesmal ragten nicht nur jede Menge Briefe aus dem Schlitz, es stand auch ein dicker Quellekatalog obendrauf. Er lehnte am Laternenmast, an dem der Kasten angebracht war. Ich zog die ersten Umschläge heraus und stieg auf den umgedrehten Eimer, der danebenstand, um meine Hand besser in den Schlitz zu bekommen. Ich schob mir die Ärmel hoch. Meine Hand passte immer noch durch, aber mein Arm ging einfach nicht weiter rein. Ich klemmte die Briefe, die ich gerade so mit Zeige- und Mittelfinger erreichen konnte, zwischen die Fingerkuppen und zog sie heraus, aber an die Postkarten, die ich ganz unten am Boden des Briefkastens liegen sah, kam selbst ich nicht heran. Sie waren schon ganz wellig und die Schrift verwaschen, wahrscheinlich konnte sie sowieso niemand mehr lesen.

Ich nahm den Quellekatalog und ging zurück Richtung Garten. Die Briefe sahen nach Mahnungen aus. Ich schob die Brombeerzweige vorsichtig zur Seite und band das Gartentor auf, das von zwei Seilen zugehalten wurde. Rex lag in der Hundehütte und guckte heraus. Solange er im Garten war, wusste ich, dass keiner der bissigen Hunde draußen sein konnte. Er merkte nicht mal, dass ich den Hof betrat. Ich knotete das Gartentor hinter mir wieder notdürftig zu. Erst als ich den Katalog auf das flache Dach der Hundehütte warf, schreckte Rex auf und begann heiser zu kläffen. Im Flur fing auch Brutus wieder an, und ich kletterte auf die Hundehütte und beeilte mich, in Ronjas Zimmer zu kommen, bevor meine Mutter herauskam, um zu gucken, was los war.

Ronja war noch nicht zurück. Ihr Zimmer war aufgeräumt, sogar das Bett war gemacht. Auf ihrem Schreibtisch stapelten sich ihre Schulbücher und Hefter. Ich zog die Stiefel aus und stellte sie neben die Tür, sammelte die Lehmklumpen auf, die mir von den Sohlen gefallen waren, und warf sie aus dem Fenster. Die Äpfel legte ich auf den Schreibtisch. Ich hörte die Stimme meiner Mutter. Sie telefonierte.

Mit dem Quellekatalog setzte ich mich auf Ronjas Bett und blätterte zur Unterwäsche vor. Ich wünschte mir so sehr einen richtigen BH, der meinen Brüsten Halt gab und trotzdem nicht wie einer dieser spitzen Oma-

BHs aussah, einen, der meine Brüste klein und rund machte, mit dem ich Tops mit Spaghettiträgern tragen konnte. Wenn ich ein weites T-Shirt trug, sah ich dick aus, wenn ich ein enges Oberteil trug, starrten mir alle Männer auf die Brüste. Ich wollte einen BH, der dafür sorgte, dass ich dünn aussah und die Jungs aus meiner Klasse dachten, ich wäre klug und sportlich.

Je größer die Größe, desto teurer waren die BHs, was mir logisch erschien, da es auch mehr Stoff war, der verarbeitet werden musste. Und doch empfand ich es als ungerecht, dass Frauen mit kleinen Brüsten, die es sowieso schon leichter hatten, durch die BH-Preise auch noch finanziell bevorteilt waren. Meine Mutter würde mir nie Geld geben für so einen teuren BH. Sie hatte die kleinen Brüste ihrer Mutter geerbt, während ich nach der runden Mutter meines Vaters kam.

»Ist ja gut«, hörte ich Ronja draußen sagen, und es klang, als würde Rex' Schwanz wie ein Taktstock gegen die Hundehütte schlagen.

»Na?«, sagte ich, als Ronja auf das Fensterbrett stieg.

»Musst du mich so erschrecken?«, sagte sie und sprang ins Zimmer.

»Der neue Quellekatalog ist da!«

Ich hielt ihn in die Luft. Ronja warf den Hefter auf den Schreibtisch, zog sich die Turnschuhe aus und schlüpfte in die Puschen, die neben dem Bett standen.

»Das mach ich nachher sauber«, sagte ich schnell, als ihr Blick auf meine Stiefel fiel.

»Okay, warte«, sagte sie nur und verschwand in der Speisekammer. Ich wusste doch, dass sie dem Quellekatalog nicht widerstehen konnte. Sie kam mit zwei Tassen und einer mit Wasser gefüllten Colaflasche zurück, stellte diese auf dem Schreibtisch ab und schraubte den Deckel auf, griff in ihren Schulrucksack und holte ein Röhrchen Brausetabletten raus.

»Multivitamin«, sagte sie. »Kosten nur fünfzig Pfennig, und weißt du, wie viel Brause du dafür kriegst, und es ist auch noch gesund.«

Sie brach eine Tablette nach der anderen in der Mitte durch und ließ sie in die Flasche fallen.

»Meinst du, fünf reichen?«, fragte sie und hielt inne.

»Ja, klar, und lass den Deckel auf«, sagte ich.

»Ich weiß.«

Während die Brausetabletten in der Flasche sprudelten und schäumten, saßen wir nebeneinander auf der Bettkante. Ronja wollte zu den Schlafzimmern, ich war mehr an den Einbauküchen interessiert. Dort gab es glückliche Frauen und ab und zu sogar ein Baby, das über den Boden krabbelte. Das war meine Lieblingszukunft. Ein Garten mit gemähtem Gras, in den das Baby hinauskrabbeln konnte. Genau so ein Leben, wie Anna es mittlerweile führte. Nach ein paar Seiten sprang Ronja auf und füllte die beiden Tassen mit dem Multivitaminwasser. Es schmeckte künstlich, und ich verspürte ein leichtes Gefühl von Übelkeit aufkommen.

»Nein – nein – nein«, sagte Ronja und blätterte

durch seitenweise gestreifte Bettwäsche. Dann wurde es blumiger, Beigetöne. Sie ließ ihren Zeigefinger über die winzige Schrift der Produktbeschreibungen gleiten.

»Siebzehn, siebzehn, hier. Das ist sogar Biber.« Sie tippte auf eine Bettdecke in herbstlichen Farben mit Kürbissen und Blättern.

Nach einer halben Tasse Multivitaminwasser fühlte sich mein Magen noch leerer an.

»Die wünsche ich mir zu Weihnachten!«

»Ich habe Hunger«, sagte ich.

»Warte, was ist mit den Badezimmern?«

Ronja blätterte weiter, bis die ersten Duschvorhänge auftauchten. Sie liebte Motivklobrillen mit Stacheldraht, Muscheln oder Wassertropfen.

»Die wünsche ich mir zu Weihnachten«, sagte sie und zeigte auf einen Klodeckel, auf dem zwei Delfine durch ein Korallenriff schwammen. Er war voller bunter Fische, und im Hintergrund konnte man die Schemen eines versunkenen Segelschiffs erkennen.

»Du kannst dir nicht alles zu Weihnachten wünschen.«

»Warum nicht? Weißt du eigentlich, wie morsch unsere Klobrille schon ist? Ich hatte letztens einen Splitter in der Pobacke.«

Ich rückte den Katalog auf Ronjas Schoß, stand auf und ging in die Speisekammer.

»Dieser Badezimmerteppich hier ist total schön«, sagte sie. »Oceanblue.«

Wenn wir den ins Plumpsklo legen, ist er aber nicht mehr lange blau, dachte ich. Aber ich sagte nichts, um Ronja die Laune nicht zu verderben.

Ich hörte sie blättern. Im Kühlschrank waren noch ein Stück Butter, ein angebrochener Fleischsalat, der seit ein paar Tagen abgelaufen war, eine Packung Sahneheringsfilet, Joghurt und zahlreiche Gläser der Brombeermarmelade, die Ronja im August gemacht hatte. Ich könnte Marmelade in den Joghurt rühren, aber um an einen Löffel zu kommen, musste ich auf jeden Fall in die Küche. Ich ging zur Tür und lauschte. »Ja«, hörte ich meine Mutter sagen. »Ja, mh.«

Ich zog die Tür auf und ging hinein. Meine Mutter saß am Küchentisch und rauchte. Snoopy lag vor ihr auf dem Tisch. Am liebsten hätte ich den Hund runtergeschubst, wie ich es normalerweise tat, wenn meine Mutter nicht da war. Sie warf mir einen kurzen Blick zu, blies den Rauch in die Küche, ließ die Zigarette in die Tasse fallen, die vor ihr stand, und kraulte Snoopy hinter den Ohren.

Meine Mutter wusste, wie sehr ich es hasste, wenn sie die Hunde auf den Tisch ließ. Sie stellte sogar die Stühle so hin, dass die Hunde leichter hinaufspringen konnten. »Die mögen das doch so gern«, sagte sie, wenn wir uns darüber beschwerten. Das heißt, ich beschwerte mich, Ronja beschwerte sich schon lange nicht mehr. Die Hunde fraßen alles, was wir zu lange unbeaufsichtigt ließen. Wie oft war ich in die Speisekammer gegangen, um Käse aus dem Kühlschrank zu holen, und als ich wiederkam, sah ich Snoopy oder Ringo auf dem Tisch stehen und meine Nudeln essen. An Milchpackungen oder Flaschen hoben die Rüden ihr Bein. Sie liebten es, auf dem Tisch zu stehen und aus dem Fenster zu gucken, vor allem, seitdem wir die Wildschweine hatten. Die Hunde sprangen auch auf das Fensterbrett, zerkratzten die Scheiben und die Fensterrahmen mit ihren Krallen, wenn sie einen der Nachbarshunde an unserem Grundstück vorbeistreunen sahen.

Ich nahm einen Löffel aus der Schublade und ging zurück in die Speisekammer, holte den Joghurtbecher, löffelte etwas Marmelade hinein und ging damit zurück in Ronjas Zimmer.

»Ich habe drei Badezimmerteppich-Sets zur Auswahl«, sagte sie.

Sie blätterte zurück zu einer Seite, in die sie Eselsohren geknickt hatte. Mit ihrem Schulfüller hatte sie Kreuze gemacht neben den Nummern, die zu ihren Lieblingsprodukten gehörten. Die Tinte war tief in das Papier gezogen.

Das Haus meiner Großeltern hatte ein Onkel meiner Mutter nach dem Krieg gebaut. Auf dem Grundstück standen so viele Fichten, Tannen und Lärchen, dass der Boden bis auf eine kleine Wiese hinter dem Haus mit all den Nadeln an einen Waldboden erinnerte. In Kombination mit dem morschen Jägerzaun fühlten sich unsere Besuche an wie ein Ausflug in einen Märchenwald, obwohl das Haus in der Stadt lag.

Wenn wir kamen, humpelte mein Großvater, auf seinen Stock gestützt, schimpfend und wetternd die Stufen des Eingangsbereiches hinunter und bestand darauf, das Tor, durch das wir gefahren waren, selbst wieder zuzumachen. In seltenen Momenten konnte er auch ruhig und freundlich sein, die meiste Zeit aber beschwerte er sich über alles, seine Gesundheit, uns unerzogene Gören, meine Großmutter, seine Schwestern, die Nachbarn. Wenn meine Mutter fragte, wie es ihm gehe, sagte er immer: »Beschissen wär geprahlt.« Und meine Mutter verdrehte die Augen. Dann humpelte er an uns vorbei zum Tor, während meine Großmutter, ruhig und sanft, am Geländer auf uns wartete und uns leicht an ihren zerbrechlichen Körper drückte, bevor wir ins Haus liefen.

Meine Großeltern nutzten nur einen riesigen Raum

des Hauses, der gleichzeitig Wohn-, Ess- und Schlafzimmer war. Ein Vorhang aus Schiffstauen trennte das Bett von einem großen Esstisch mit Eckbank. Die Küche, in der mein Großvater jeden Sonntag Rinderzunge für uns zubereitete, weil er meinte, wir Kinder bekämen nicht genug Fleisch, war nur durch eine offene Bar von dem Rest des Raums getrennt, sodass wir ihn immer vor sich hin meckern hören konnten.

Zentrum des Raums war ein kleiner runder Tisch, an dem meine Großmutter den Tag über saß und fernsah. Gerade lief ein Springturnier. Sie kannte all die berühmten Pferde und wusste schon, wer wie viele Punkte bekam, bevor die Wertung der Richter eingeblendet wurde. Sie bot mir ein Glas Skiwasser an, und ich setzte mich zu ihr. Ein Schimmel sprang über den Wassergraben. Nur ganz knapp erreichte er das andere Ufer.

»Zu langsam«, sagte meine Großmutter. »Schade.«

Nach dem Essen nahm mein Großvater Helge mit in den Trinkkeller, der eigentlich ein Luftschutzkeller war. Ich war sehr froh, dass wir so einen Keller in der Familie hatten, denn irgendwann, da war ich mir sicher, würden wir dort alle Schutz vor den Bomben des Dritten Weltkriegs suchen müssen. Obwohl mein Vater meinte, dass wir da vor Atombomben auch nicht sicher waren. Es gab eine Toilette und eine Dusche hinter einer Eisentür. In dem einzigen Raum hing eine Schaukel an Tauen von der Decke und ein altes Dartspiel in einem Dartschrank an der Wand, das uns Kinder magisch anzog, meine Mutter aber verrückt machte, weil sie fürchtete, einer der Pfeile könnte in unseren Augen landen. Außerdem gab es zwei Gitarren, ein Akkordeon und eine Mundharmonika, auf der mein Großvater ab und zu spielte, für die Erwachsenen eine Bar, hinter der getrocknete Rochen und Seepferdchen in einem Fischernetz hingen. Regale voller Bücher zogen sich bis unter die Decke. Wir Kinder könnten Dart spielen und schaukeln, während mein Großvater an der Bar Cocktails mixte und abends für uns alle Gitarre spielte. Es klang so gemütlich. Ich freute mich auf den Krieg.

Meine Mutter mochte es nicht, wenn mein Großvater Helge mit in den Keller nahm. »Ich hoffe, er erzählt ihm nicht wieder so viel Scheiß«, murmelte sie, als die beiden schon auf der Kellertreppe waren und mein Großvater sie nicht mehr hören konnte. Gleichzeitig spürte ich, dass sowohl meine Mutter als auch meine Großmutter froh darüber waren, Zeit miteinander verbringen zu können, die nicht von den ständigen Meckereien meines Großvaters beherrscht wurde.

Sosehr er Helge mochte, so sehr lehnte er Lasse ab, er war ihm zu klein, zu weich, zu zart. Lasse hielt das Besteck nicht richtig und stellte beim Essen den Ellenbogen auf den Tisch. Das Schlimmste waren jedoch seine langen Haare, der ganze Stolz meiner Mutter, da sie genauso dick und blond waren wie ihre, während meine feinen dunklen Löckchen einfach nicht wachsen wollten.

»Ein Junge, der längere Haare hat als seine Schwester und ihre Kleider trägt«, sagte mein Großvater immer wieder kopfschüttelnd.

Wenn Helge und er im Keller waren, unterhielt sich meine Mutter ruhig mit ihrer Mutter über die ehemaligen Angestellten ihrer Glasbläserei im Bayerischen Wald. »Was macht denn Fräulein Kaiser?«

»Ach, die kann auch nicht mehr so gut laufen.«

Lasse und ich löffelten Rote Grütze mit Sahne und sahen dem Springturnier zu, das ohne Ton weiterlief. Ronja schlief in einem Tuch auf dem Rücken meiner Mutter. Ihr Kopf schwang hin und her, bei den schnellen Bewegungen meiner Mutter, aber sie wachte nicht auf.

Als Helge aus dem Keller kam, trug er einen alten Anzug meines Großvaters mit goldenen Anstecknadeln, die Ärmel und Hosenbeine hochgekrempelt. Er führte uns vor, dass er ganz still stehen konnte, und seine Fersen klackten gegeneinander. Ich sollte ihn kitzeln, damit er uns zeigen konnte, dass er unter keinen Umständen lachen würde, und ich kitzelte ihn am Bauch, dann unter den Armen. Ein paar Mal sah es so aus, als wäre er kurz davor, in Lachen auszubrechen, seine Lippen verzogen sich, zitterten, aber er lachte nicht.

Meine Mutter war mittlerweile draußen im Garten. Sie pflanzte neue Blumen in ein kleines Beet in der Wiese, das eigentlich das Grab von Waldi war, dem Hund, den meine Großeltern gehabt hatten, als meine Mutter noch ein Kind war, und dahinter, dort, wo die Nadelbäume noch dichter wurden, stand die alte Gartenlaube, in der meine Mutter mit Anna gelebt hatte.

»Du kannst dir mal eine Hacke aus der Laube holen und mir helfen, Unkraut zu jäten«, sagte meine Mutter, als ich neben ihr stehen blieb.

Die Hütte war mittlerweile so morsch, dass ich mir kaum vorstellen konnte, dass dort jemals jemand gewohnt haben könnte. Von der Tür zum Geräteraum bröckelten Holzsplitter ab, wenn sie aufgeschoben wurde.

Den Teil des Hauses, in dem Tante Elsie mit ihren Katzen gewohnt hatte, nutzten meine Großeltern nicht mehr. Eine immer abgeschlossene Tür trennte den Wohnraum meiner Großeltern von dem Wohnzimmer im anderen Teil des Hauses. Dort gab es eine richtige Küche, einen Flur, ein Bad und einen ersten Stock mit drei weiteren Zimmern.

Als wir hier einzogen, sagte meine Mutter, dass es nur vorübergehend sei. Sie wolle auf keinen Fall lange bei ihren Eltern wohnen. Das würde sie nicht aushalten. Außerdem sei es viel zu klein. Wir schliefen in einem mit Matratzen ausgelegten Raum im ersten Stock, was sich nicht so sehr von dem Schlafzimmer in unserem ehemaligen Haus unterschied. Es gab die gleiche Kommode, unter der ich meine Unterhosen verstecken konnte, wenn ich ins Bett gemacht hatte, und die Spitze einer Tanne vor dem Fenster, die mich in den Schlaf schaukelte.

Meine Mutter beschwerte sich über meine Großmutter, als diese mir eine Barbie schenkte, die ich nicht mehr hergeben wollte. Sie erwischte meinen Großvater, wie er sich mit einer Schere Lasses langen Haaren näherte. Immer wieder stand mein Großvater bei uns im Flur und fluchte über die Unordnung.

»Mit vier Kindern ist es halt unordentlich«, sagte meine Mutter immer wieder, und: »Wir ziehen ja bald aus.«

Wenn meine Geschwister schliefen und ich auf der Bank in der Küche liegen durfte, während meine Eltern zu Abend aßen, sprachen sie darüber, wie schwer es war, ein großes Haus zu finden, das wir uns leisten konnten. Nach dem Essen nahm mein Vater Baldur noch mal an die Leine und ging zum Kiosk, um die Zeitung vom nächsten Tag zu holen.

»Man muss eigentlich noch nachts anrufen, wenn man was kriegen will«, erklärte mir meine Mutter.

Der Weinstock, den mein Vater mal gepflanzt hatte, war mit einer Brombeerhecke verwachsen, die sich immer weiter ausbreitete. Von den Resten des Stallgebäudes, an dessen Mauer mein Vater den Wein befestigt hatte, sah man nichts mehr. Die Brombeerhecke hatte sie vollkommen verschlungen. Um die Weintrauben finden zu können, musste man wissen, wo sich der Stock ursprünglich befunden hatte. Die Reben waren mickrig und hinter den großen Weinblättern und Brombeerzweigen versteckt, aber die größten Trauben waren schon ein bisschen süß.

Es war Nachmittag, kein Hund bellte, nur ein Traktor war in der Ferne zu hören. Meine Ärmel verfingen sich immer wieder in den Stacheln der Brombeertriebe. Sie rissen Löcher in den Stoff. Der Wagen meiner Mutter war nicht da, und Ronja saß in ihrem Zimmer und lernte. Ich genoss diese Einsamkeit auf dem Hof und die frischen Trauben. Ich wollte mich erst ein bisschen satt essen und dann ein paar für meine Schwester pflücken, aber als ich ein besonders großes Weinblatt zur Seite schob, hing dahinter das Skelett eines Fuchses. Ich ließ das Blatt los, das sofort zurückschnellte und den Schädel wieder verbarg. Hatte ich wirklich gerade einen toten Fuchs gesehen? Einen Fuchs, von dem kaum noch etwas übrig war? Aber da waren auch die Beine und der Schwanz zwischen den Blättern. Die Haut, die teilweise noch auf den Knochen klebte, hatte die gleiche Farbe wie das Geäst der Rebe, die Knochen sahen aus wie das Rebenholz. Fleisch gab es nicht mehr. Aber der buschige Schwanz war noch da.

Ich schob das Blatt noch mal zur Seite. Der Schädel, überzogen von ockerfarbener Haut. Jetzt sah ich auch, wie der Fuchs zu Tode gekommen war. Der Draht, den mein Vater damals gespannt hatte, um den Weintrieben Halt zu geben, direkt neben den Halswirbeln des Fuchses ragte eine verrostete Spitze hervor. Mich wunderte, dass keiner der Hunde den Kadaver aus dem Gebüsch gezerrt hatte. Ich ließ das Blatt wieder los und ging ein paar Schritte zurück.

Ich zog das Scheunentor auf. Das Stroh war fast alle, die letzten Ballen lagen hinten in der Dunkelheit. Wir brauchten es sowieso nicht mehr, seitdem Kalle auch die letzten Schafe gerissen hatte. An der Seite stand immer noch der alte Trabi, den meine Mutter Anfang der Neunziger gekauft hatte.

Ich rüttelte am Griff der Beifahrertür, die sich schließlich mit einem Geräusch öffnete, als würde ich altes Klebeband von den Kunstlederbezügen ziehen. Dabei waren die Sitzflächen mit diesem groben Nicki-Stoff bezogen. Der Geruch überschwemmte mich mit Gefühlen. Auch das Quietschen, als ich mich in die Polster fallen ließ. Ich sah uns in diesen Wagen gequetscht, wenn meine Mutter alle zehn Kinder aus dem Dorf von der Schule abholte, wir lachten und jammerten, die älteren nahmen die jüngeren auf den Schoß. Es waren nur fünf Kilometer. Ich erinnerte mich daran, wie ich mir das erste Mal den Finger in der Tür geklemmt und es kaum wehgetan hatte, und an mein Erstaunen über dieses weiche Material, aus dem der Wagen gemacht war. Ich sah die Ziegenlämmer, die es liebten, auf das Dach zu springen und im hohen Bogen wieder herunter, und ich spürte die Scham, immer noch mit dem Trabi von der Schule abgeholt zu werden, als alle Eltern schon längst einen Ford oder Opel fuhren.

Gras und winzige Weizenpflanzen wuchsen an den Rändern der Fußmatte hervor. Das Armaturenbrett war übersät mit rostfarbenen Flecken. Ich rutschte hinters Steuer und trat auf das Gaspedal, aber nichts passierte. Für meinen Vater war der Trabi immer zu klein gewesen. Er passte einfach nicht rein. Meine Mutter war zwar fast so groß wie er, doch sie stieß nur manchmal mit dem Kopf gegen das Dach, wenn sie zu schnell durch ein Schlagloch fuhr.

Ich ließ meine Stirn auf das Lenkrad sinken, strich über die Kunstfasern, mit denen die Ablage unterhalb des Armaturenbretts bezogen war. Ich überlegte, diesen alten Trabi zu reparieren, wie es wäre, wenn ich ihn einfach wieder zum Laufen brächte und damit herumfahren würde. Meine Mutter beschwerte sich schon, wenn sie mich von der Schule abholen musste, nie würde sie mich auch noch zum Theorieunterricht bringen, außerdem hatte ich kein Geld, und es würde sowieso noch zwei Jahre dauern, bis ich meinen Führerschein überhaupt bekommen konnte.

Als ich zurück in mein Zimmer kam, hörte Helge nebenan das Horst-Wessel-Lied in voller Lautstärke. Ich hämmerte an seine Tür.

»Ey«, sagte ich. »Mach diesen Scheiß aus!«

»Das ist kein Scheiß.«

»Das ist verboten.«

»Mir doch egal.«

Ich drückte die Klinke zu seinem Zimmer runter, aber die Tür ging nicht auf.

»Ich muss Hausaufgaben machen. Ich kann mich nicht konzentrieren.«

Ich bekam keine Antwort, dafür hatte ich das Gefühl, die Musik war noch lauter geworden. Die alte Platte war in einem so schlechten Zustand, der Text war kaum noch zu verstehen.

Ich hämmerte noch mal gegen die Tür.

»Das ist so egoistisch.«

Helge antwortete nicht. Ich wartete. Die Musik wurde ein bisschen leiser, also eigentlich so laut, wie sie vorher gewesen war. Ich wusste, er war nur da, um seine Sachen zu packen. Wahrscheinlich war es das letzte Mal, dass er den Plattenspieler hier angemacht hatte, doch das half nicht gegen die Wut, die in mir immer stärker wurde.

Ich ging zum Schreibtisch, schlug meinen Hausaufgabenkalender auf. Mathe und Geo. Ich setzte mich auf den Stuhl. Doch die Musik war unerträglich. Ich wollte das Geobuch erstechen, so wie Harry Potter den Zahn des Basilisken in Tom Riddles Tagebuch sticht. Ich holte aus und donnerte meinen Füller mitten in die Niagarafälle, rutschte mit der Hand ab, und die Füllerspitze ratschte über meinen kleinen Finger. Das Blau der Tinte vermischte sich mit dem Blut, das aus einem Riss kam, der sich quer über meine Fingerkuppe zog. Ein dicker lilafarbener Tropfen fiel auf den Buchdeckel, neben eine winzige Delle, die auch ein Nadelstich hätte sein können. Mit meiner unversehrten Hand zuppelte ich ein Taschentuch aus der Packung, die auf meinem Schreibtisch lag, und wickelte es mir um den Finger. Die Spitze des Füllers war völlig verbogen. Ich versuchte sie mit dem Daumennagel wieder in die ursprüngliche Form zu drücken, aber das Metall gab nicht nach. Ich feuerte den Füller gegen den Ofen. Mittlerweile lief die Nationalhymne. Ich nahm das Geobuch, meinen Hausaufgabenkalender und das Matheheft und ging über den Flur zum Zimmer meiner Schwester. Der Rehpinscher stand aus seinem Körbchen auf und folgte mir vorsichtig schnüffelnd.

Ronja saß an ihrem Schreibtisch, hatte sich umgedreht und sah mich an.

»Was ist mit Klopfen?«, sagte sie.

Sie hatte alle möglichen Pullover übereinandergezogen und Handschuhe mit abgeschnittenen Fingern an. Von ihrem Schoß rutschte eine Wärmflasche und klatschte auf den Boden. Sie beugte sich runter und hob sie wieder auf.

»Darf ich bei dir Hausaufgaben machen?«

»Hier ist es aber kalt.«

»Helge is 'n Arschloch.«

»Aber er ist doch schon fast weg.«

»Trotzdem.«

»Wenn du willst, kannst du meine Winterjacke anziehen und dich ins Bett setzen.« Sie nickte zu dem blauen, aufblasbaren Sessel, über dem die schwarze Daunenjacke hing, die sie von Lasse bekommen hatte.

Ich legte meine Schulsachen aufs Bett, zog mir die Jacke über, kroch unter die Decke und rutschte an die Wand.

»Jetzt brauche ich nur noch eine Unterlage«, sagte ich, und Ronja stand auf, nahm ihren Weltatlas aus einer Schublade und reichte ihn mir.

»Danke. Und einen Stift«, sagte ich noch, bevor sich Ronja wieder hinsetzen konnte. Sie kramte in ihrer Federtasche, holte einen blauen Kuli raus, den sie mir zuwarf. Mein aufgerissener Finger schmerzte, als ich nach dem Stift griff. Das Blut war schon durch den Stoff des Taschentuchs gesickert.

»Hast du ein Pflaster für mich?«

Als Antwort atmete sie hörbar genervt aus. »Ich muss wirklich Hausaufgaben machen«, sagte sie.

»Ich auch.«

»Die sind doch in der Küche!«

Sie stand wieder auf und verließ das Zimmer.

Auf ihrem Schreibtisch standen drei Tassen, aus denen Teebeutelbändchen hingen. Am Rand der Tischplatte lag ein kleines Häufchen Apfelstiele, neben ihrem Strickzeug. Über dem Bücherregal war ein neues Poster dazugekommen: Nick Carter von den Backstreet Boys im Schneidersitz vor einem weißen Hintergrund. Die Lippen leicht geöffnet. Er blickte verträumt in die Kamera.

Ronja kam mit einem zerknitterten Pflaster in der einen und einem Apfel in der anderen Hand zurück. Sie setzte sich neben mich aufs Bett, sagte »Zeig her!« und zog das Schutzpapier vom Pflaster ab.

»Warum ist das alles so blau?«

»Hab mich am Füller geschnitten.«

Es blutete nicht mehr, aber der Schnitt war tiefer, als ich gedacht hatte, und sah so aus, als könnte es bei dem kleinsten Druck auf die Haut wieder anfangen. Ronja klebte das Pflaster so gut es ging um meinen Finger, aber es war etwas zu klein, um die ganze Wunde abzudecken.

»Das geht schon«, sagte ich.

Ronja warf das Papier in den Mülleimer unter ihrem Schreibtisch und setzte sich wieder hin. Während sie irgendwas in ihr Heft schrieb, biss sie immer wieder von dem Apfel ab. Ich konnte kaum glauben, dass das meine kleine Schwester war. Ihr Gesicht war ernst und erwachsen, und sie lernte und lernte. Sie hatte mir nie gesagt, wie es ihr ging, aber sie ernährte sich schon länger hauptsächlich von Äpfeln, Tee und Brausetabletten.

»Ich habe Weintrauben gefunden«, sagte ich. »Da hinten bei dem alten Backhaus, die, die Papa mal gepflanzt hat. Sie sind nur etwas von der Brombeerhecke überwuchert.«

»Ich muss mich konzentrieren.«

»Sorry.«

Sie hielt den Apfelgriebsch jetzt nur noch am Stiel fest, biss erst den Blütenrest ab und aß dann auch noch das Kerngehäuse und die Kerne und alles, was da drüber war, bis sie nur noch den Stiel zwischen Daumen und Zeigefinger hielt, den sie ohne hinzusehen auf den Haufen zu den anderen legte.

Als wir wenig später Motorengeräusche hörten, hoben wir automatisch den Kopf und sahen hinaus. Zwischen den Pflaumenbäumen und der Schlehenhecke sah ich kurz Juttas weißen Kombi und den Anhänger.

»Jutta?«, fragte Ronja.

Und dann hörten wir auch schon, wie der Wagen auf den Hof schaukelte und die Hunde anfingen wie wild zu kläffen.

»Ich hab keine Lust«, sagte Ronja.

»Ach komm schon, lass uns gucken, was alles dabei ist.«

Für einen Landliebe-Grießpudding oder einen Müller-Milchreis mit Apfel-Zimt-Geschmack würde ich auch Juttas klebrigen Händedruck in Kauf nehmen.

Während ich meine Zimmertür aufmachte, um in meine Stiefel zu schlüpfen, rief Ronja: »Helge, Jutta ist da.«

Aber ich wusste genau, dass er nicht kommen würde.

In der Diele nahm Ronja die Schubkarre, und ich lief vor und machte ihr das Tor auf. Da der Wagen meiner Mutter nicht da war, konnte Jutta näher ans Haus fahren. Sie hatte schon den Anhänger aufgemacht, als wir bei ihr ankamen.

»Hallo Mädels«, sagte sie.

Ihre Stimme war so kratzig und tief, ohne sie zu sehen, hätte ich geglaubt, sie wäre ein Mann. Jedes Mal war ich irritiert, wenn ich sie sprechen hörte. Sie war zwei Köpfe größer als das schmächtige Männchen, das neben ihr stand, nie ein Wort sprach und uns auch nicht vorgestellt wurde. Juttas Oberarme lagen an ihrem massigen Oberkörper, als hätten sie zu früh aufgehört zu wachsen, für die Ausmaße, die der Körper mal annehmen würde. So war es jedes Mal der Mann, der ganz ohne Aufforderung die Kisten auf unsere Schubkarre lud.

Ich wusste nicht, wie es zu dem Arrangement mit Jutta gekommen war. Ich wusste nicht mal, woher sie die Sachen hatte und ob sie im Supermarkt arbeitete oder sie aus irgendeiner Tonne holte. Ich schämte mich, wenn sie kam. Eigentlich wünschte ich, sie würde aufhören, uns etwas zu bringen. Dann würde meine Mutter uns endlich mehr als Brötchen und Nudeln kaufen, und wir könnten uns Sachen im Supermarkt aussuchen wie früher, Käse und Krabbensalat.

»Ja, eure Mutter hat schon Bescheid gesagt, dass sie nicht da ist. Aber da sind wieder schöne Sachen dabei.«

Ich sah schon das Müller-Etikett durchblitzen, zwischen Kräuterquark, den Ronja liebte, Fleischsalat, Frischkäse, Aufback-Baguettes. Aber auch jede Menge Rosenkohl, Brokkoli, Tomaten und Paprika, aus denen man die schlechten Stellen rausschneiden konnte, verschrumpelte Äpfel und braune Bananen. Juttas Mann hievte noch eine Kiste auf die schon zu volle Schubkarre. Ein paar Rosenkohlköpfe rollten auf den Boden, und Ronja hob sie auf und warf sie zurück in die Schubkarre. Während Juttas Mann diese ins Haus fuhr und Ronja ihm hinterherlief, um die Türen aufzumachen, blieb ich draußen mit Jutta, die in den Wagen geklettert war, in dem sich noch weitere Kisten stapelten, zwischen denen Äpfel herumrollten.

»Ja, das könnt ihr auch noch alles haben«, sagte Jutta. »Wir haben uns schon eine Kiste abgepackt.«

»Aber wir können gar nicht so schnell so viel essen«, sagte ich, was nicht stimmte. Sobald wir Jutta gedankt und verabschiedet hatten, würde ich mit einem Löffel in der Hand in die Speisekammer laufen und so viel Milchreis, Grießpudding und Joghurt essen, wie ich konnte. Die Tatsache, dass all die guten Sachen bald abliefen oder schon abgelaufen waren und wir sie nur alle paar Wochen bekamen, führte dazu, dass ich sie innerhalb von drei Tagen aufaß, abgesehen vom Gemüse. An Tagen wie diesen nahm ich mir Grießpudding mit in die Schule und fühlte mich wie ein ganz normaler Teenager, wenn ich in der Pause meinen Joghurt und meinen Löffel rausholte. Unsere Mutter beschwerte sich, dass wir nicht das Gemüse zuerst aßen, denn anders als die Milchprodukte wurde das wirklich schneller schimmelig und schlecht, aber sie war nie zu Hause, um es für uns zu kochen. So schrumpelte es in der Speisekammer vor sich hin, bis es nicht mehr essbar war und wir die Wildschweine damit fütterten.

Es war Sommer, als wir das erste Mal ins Dorf kamen. Wir turnten hinten im Jeep auf den Sitzen herum, und unsere Mutter erklärte uns, dass in der DDR »alles besser« gewesen war.

»Vieles«, sagte mein Vater.

»Sie hatten wenigstens keinen Kapitalismus«, sagte meine Mutter. »Und die bessere Nationalhymne. *Auferstanden aus Ruinen*, das ist ehrlich, anstatt einfach weiter diese Nazi-Hymne.«

»Aber den Text haben sie dann ja auch nicht mehr gesungen.«

»Aber dass sie nicht mal in Erwägung gezogen haben, die DDR-Hymne zu nehmen«, sagte meine Mutter. »Auch die Melancholie passt viel besser. Guckt doch mal, Kinder, wie schön es hier alles ist.«

Wir ratterten über Kopfsteinpflaster, und ich konnte sie nicht mehr verstehen. Nach ein paar Kurven, die durch einen Wald führten, fuhren wir in eine Senke, dann einen Hügel hinauf und waren wieder in einem Dorf. Wir hielten vor dem Tor des ersten Hofes auf der linken Seite. Ich sah die Gesichter von drei Kindern beziehungsweise ihre Nasen, Münder, Augen und einen Teil ihrer Wangen in die Spalten des Holzlattenzauns gepresst, vor dem ein paar mickrige Rosen standen. Die Kinder hatten kaum Zähne, und die Zähne, die sie hatten, waren braun. Das war das Erste, das mir auffiel in diesem Dorf. Die Münder zwischen den Holzlatten. Ich hatte solche Zähne noch nie gesehen. Wir wollten natürlich sofort raus, aber meine Mutter stieg alleine aus, und die Kindersicherung hielt uns im Auto.

Hinter den Kindern gackerten ein paar Hühner auf einem Misthaufen, und ein kleiner schwarzer Hund kläffte wie wild an einer Kette, die an einer Hundehütte befestigt war. Das Reetdach des Hauses zog sich herunter bis zum Misthaufen, bis zu den oberen Spitzen der Rosenstöcke. Ich fragte mich, wie man darin wohnen, ob man darin nur in der Mitte stehen konnte.

Meine Mutter war zu den Kindern an den Zaun getreten. Ich versuchte zu verstehen, worüber sie sich mit ihnen unterhielt, lehnte mich aus dem halb offenen Fenster, so weit ich meinen Körper hinausstrecken konnte, aber der Hund kläffte so laut, dass ich nichts verstand. Als meine Mutter zurückkam, drückten die Kinder das Tor auf und schlüpften durch den Spalt auf die Straße. Sie rannten unserem Jeep hinterher, und Helge und Lasse zogen Grimassen an der Heckscheibe. Ich kletterte über die Lehne auf die erste Rückbank zu Ronja.

»Wer sind diese Kinder?«, fragte ich.

Kurz hatte ich geglaubt, wir hätten sie abgehängt, aber jetzt sah ich sie vom Dorfplatz auf uns zurennen.

»Das muss es sein«, sagte meine Mutter. Wir konnten nicht viel sehen, von dem Haus, das hinter den drei Linden stand, aber man konnte erkennen, dass da ein Haus war. Nicht nur die Bäume verdeckten das Gebäude, auch Büsche und meterhohe Brennnesseln machten es unmöglich, die Größe des Hauses abschätzen zu können. Die unteren Fenster waren mit Brettern zugenagelt, aus einem der oberen wehte ein dreckiger Lappen. Langsam fuhren wir weiter, kamen an einem Teich vorbei, über den eine riesige Weide ragte. Ich weiß nicht mehr, ob wir das Grundstück an diesem Tag überhaupt betreten haben. Wir sahen uns noch zwei Häuser in dem Dorf an, deren Keller bis oben unter Wasser standen. Die Fensterscheiben lagen in Scherben auf den Böden der Räume und knirschten unter unseren Sohlen. Meine Mutter entschied sich für das zugewachsene Haus mit dem Teich.

Bei unserem zweiten Besuch entdeckten wir hinter Brennnesseln und Holunderbüschen einen weiteren Teich. Das Wasser war bedeckt mit Entengrütze, die Helge für eine Grasfläche hielt. Er sprang hinein, landete bis zu den Knien im Wasser und lief den Rest des Tages nur in Unterhose herum. Neben dem Haupthaus, das zur Hälfte aus einem dreistöckigen Wohnbereich bestand und zur anderen aus Ställen, die von einer steinernen Diele abgingen, über der ein riesiger Heuboden lag, gab es eine ebenso große Scheune und noch zwei weitere kleinere Stallgebäude: einen Pferdestall, in dem ein alter Pflug stand, und den Schafstall mit Raufen aus Beton, der Boden bedeckt mit Stroh, in dem riesige Rattenlöcher waren.

Die Scheune hatte eine mittlere Etage, zu der eine kleine Treppe führte. Wir fanden verrostete Maschinen, Werkzeuge, Schädel von Füchsen und Dachsen. In den Nebenräumen gab es weder Fenster noch elektrisches Licht. Wir sahen die Schemen alter Landmaschinen, Anhänger von Treckern oder Kutschen, aber da in die Räume kaum Licht fiel, hatten wir das Gefühl, nie zu erfahren, was sich noch darin verbarg, und wir hatten zu viel Angst hineinzugehen. Auch auf den Dachboden konnten wir nicht, da es keine Treppe gab und meine Mutter zu unserer Sicherheit vermied, eine Leiter in die Scheune zu bringen. Schwalben flogen durch die undichten Stellen unter dem Dach von drinnen nach draußen. Ein Ventilator schaukelte in der Wand hinter einem Gestell aus Holzstangen, das altes Heu trug. Das Tor hing morsch in den Angeln und ließ sich durch das hohe Gras nur schwer auf- und zuschieben.

In dem größeren Teich stand ein hölzerner Pferdewagen, auf den wir über den Stamm der Weide klettern konnten. Von dort sprangen wir auf die Böschung, an der wilde Pflaumenbäume wuchsen. Auch dieser Teich war nicht tief genug, um darin schwimmen zu können. Im August trocknete er manchmal vollkommen aus und gab Gartengeräte, Ziegelsteine und Blechtöpfe frei, die wir in unsere Höhlen schleppten. Nach langen Regenzeiten im Frühling und Herbst lief er über. Ein Rinnsal floss dann die Einfahrt hinab und bis zur Straße hinunter.

Ich hatte mir die Decke bis über meine Nasenspitze gezogen und eine Wärmflasche an den Füßen. Der Mond schien in mein Zimmer, und ich hörte die Wildschweine draußen unter der Linde grunzen. Ich wünschte, mein Ofen wäre an. Ich war erschöpft, aber ich wollte nicht einschlafen. Ich wollte nicht, dass es morgen war, wollte nicht aufstehen müssen und mit dem Bus in die Schule fahren. Ich hatte nur die Geschichtshausaufgaben gemacht, Mathe und Englisch musste ich im Bus erledigen und Bio in der zweiten großen Pause. Als ein Trabi an unserem Hof vorbeifuhr und hörbar langsamer wurde, fingen die Hunde an zu bellen, und ihr Bellen und Jaulen verriet, dass auch sie den Wagen meiner Mutter erkannt hatten.

Wir hatten mit dem Essen auf sie gewartet. Ich hatte Nudeln mit Pilzen und Käse gemacht, und irgendwann aßen wir ohne meine Mutter, als die Nudeln schon fast kalt und zusammengeklebt waren. Ronja erzählte mir von dem neusten *Harry-Potter*-Band und verzog sich nach dem Essen wieder ins Bett, um weiterzulesen, während ich meiner Mutter einen Zettel geschrieben hatte. *Guten Appetit.*

Ich strich die Wand über meinem Bett entlang. Vor

ein paar Tagen hatte ich den Riss zum ersten Mal bemerkt. Er begann unter dem Fensterbrett und zog sich bis in die Ecke hinein. Ich hatte meiner Mutter davon erzählt, aber sie hatte den Riss nicht mal sehen wollen. »In alten Häusern gibt es immer Risse«, meinte sie nur. Aber ich hatte das Gefühl, er würde jeden Tag ein bisschen größer werden. Sogar einen leichten Luftzug glaubte ich zu spüren, wenn der Wind von Süden kam.

Die Hunde bellten und fiepten. Ich hörte die Tür zum Flur aufgehen und die Stimme meiner Mutter, wie sie leise auf die Hunde einredete.

»Ja, fein. Hallo, meine Kleinen.«

Die Rehpinscherhündin quietschte zufrieden.

»Ja, fein. Ronja, Madeleine!«

Meine Mutter rief uns selten, wenn sie so spät nach Hause kam. Eigentlich nur, wenn irgendetwas passiert war, wir eine Tür nicht richtig zugemacht hatten oder ein Hund ausgebrochen war. Aber ihre Stimme klang nicht wütend oder fordernd, sie klang, als wollte sie uns etwas zeigen. Ich hörte die Hunde winseln und meine Mutter beruhigend auf sie einreden, während ich in meine Hausschuhe schlüpfte. Ronja war schneller als ich. Sie stand schon vor ihrer Zimmertür, als ich auf den Flur trat. Meine Mutter hockte an der Tür zur Diele. Die Hunde sprangen fiepend an ihr hoch.

»Ich will euch mal was zeigen«, sagte sie. »Dafür müsst ihr aber mit rauskommen.«

Wir gingen zurück in unsere Zimmer. Ich überlegte kurz, mir Socken anzuziehen, stieg dann aber barfuß in die Stiefel, spürte die Strohschnipsel und Sandkörnchen unter meinen Fußsohlen und hoffte, es würde nicht lange dauern. Ich warf mir meine Jacke über und ging zurück in den Flur. Auch Ronja hatte ihre Schlafsachen angelassen und nur ihren Mantel und Stiefel angezogen.

Wir folgten meiner Mutter in die Diele. Der Wind pfiff durch die kaputten Fenster. Er hatte all die Strohhalme auf dem Betonboden auf die Westseite geweht. Es sah fast wie frisch gefegt aus. Als wir aus dem Dielentor auf den Hof traten, schlug uns der Wind noch kräftiger von Osten entgegen, er zog durch den Stoff meiner Pyjamahose, und ich machte ein paar Knöpfe meiner Jacke zu. Meine Mutter hatte eine Taschenlampe in der Hand, ein Lichtkegel wackelte auf dem Boden vor ihr. Die Nacht war stockdunkel, kein Mond, keine Sterne. Wenigstens hatte der Wind Feuchtigkeit aus dem Boden genommen. Es war nicht mehr so matschig, fast fühlte sich die obere Schicht des Bodens gefroren an.

Meine Mutter machte den Kofferraum des Trabis auf, und wir standen schlotternd daneben. Es sah alles so aus wie immer, Hundeleinen, Decken, ihre leeren Colaflaschen und die Katzentransportbox aus Holz und Metall, die eigentlich wie eine selbst gebaute Falle aussah.

»Ich leuchte mal ganz vorsichtig rein«, sagte meine Mutter, beugte sich runter und leuchtete durch die vergitterte Klappe.

Die Transportbox war mit Stroh ausgelegt. Ronja

und ich drängten uns neben unsere Mutter, um in das Hintere der Box gucken zu können. Das Licht der Taschenlampe wackelte über das Stroh.

»Ist das eine Eule?«, fragte Ronja. »Eine Schleiereule?«

Ich hatte die schlechteste Sicht auf die Box.

»Gib mir mal die Taschenlampe!«, sagte ich, nahm sie meiner Mutter aus der Hand und beugte mich runter in den Kofferraum, obwohl es dort wahnsinnig nach Hund roch und ich den anderen die Sicht nahm.

»Aber vorsichtig!«, sagte meine Mutter.

»Wo hast du die her?«, fragte Ronja.

Ganz hinten in der Ecke der Box, das Gefieder fast in der gleichen Farbe wie das Stroh, saß eine Schleiereule und blinzelte mir entgegen. Sie presste sich an die Wand, als wollte sie darin verschwinden, und ich zog die Taschenlampe zurück und richtete mich wieder auf.

»Die saß am Straßenrand.«

»Wie, am Straßenrand?«

Meine Mutter liebte es, sich alles aus der Nase ziehen zu lassen.

»An der B 208.«

»Und warum?«

»Kannst du nicht ein bisschen schneller erzählen? Mir ist kalt.«

»Dann geh doch rein!«

»Komm schon!«

»Ich war schon auf dem Weg nach Hause und dachte erst, da wäre ein Fuchs, fahre natürlich ganz langsam und sehe, eine Eule. Ich bin ausgestiegen und natürlich vorsichtig ran und sehe, dass sie nur so weghüpft und den einen Flügel komisch hält.«

»Aber wie hast du sie denn eingefangen?«

»Ich habe ihr 'ne Decke übergeworfen. Ich wusste ja, dass sie nicht mehr wegfliegen kann.«

»Können wir sie behalten? Bitte! Ich wollte schon immer eine Eule haben.« Ronja liebte Eulen, seit sie *Harry Potter* las. »Sie kann auch in meinem Zimmer wohnen.«

»Wir müssen erst mal gucken, ob wir sie gefüttert kriegen«, sagte meine Mutter.

»Womit denn?«

»Ja, deswegen bin ich so spät. Wir hatten noch Mäuse in der Auffangstation. Die müssen aber erst mal auftauen.«

Es stellte sich heraus, dass meine Mutter uns nicht nur aus den Betten geholt hatte, um uns die Schleiereule zu zeigen, sondern vor allem, weil sie unsere Hilfe brauchte. Sie wollte die Eule auf den Heuboden setzen, weil sie sich da wahrscheinlich am wohlsten fühlen würde. Um die riesige Leiter, die in der Diele auf dem Boden lag, anzustellen, brauchte es aber mindestens zwei Personen, besser drei oder vier.

Die Leiter war aus einem dunklen, schweren Holz. Früher war es uns verboten gewesen, allein auf den Heuboden zu klettern, obwohl wir so gern da oben gespielt hatten. Der Boden war bedeckt von uraltem Heu, und an den Seiten lagen zerfledderte Ballen. An unserem ersten

Ostern auf dem Hof hatten meine Eltern uns die Geschenke auf dem Heuboden versteckt, aber beim Suchen war Helge mit einem Fuß durch den Boden gebrochen. Erst sah es so aus, als würde er nur im Heu sitzen, aber er konnte nicht mehr aufstehen, sein Fuß klemmte fest. Als meine Mutter an seinem Bein zog, fiel Helges Stiefel mit einem Brocken aus Lehm und Stroh auf den Dielenboden. Seitdem ließen wir die Fledermäuse da oben allein, und es regnete und schneite durch das Stiefel-Loch in die Diele, wenn der Sturm im Herbst Ziegel aus dem Dach geweht hatte.

Meine Mutter an einem Ende, meine Schwester am anderen, ich in der Mitte, schleppten wir die Leiter unter die Luke. Dort stemmten Ronja und ich das eine Ende hoch, während meine Mutter das untere Ende über den Boden schob. Ich hatte Splitter in den Fingern, als die Leiter endlich stand und wir sie loslassen konnten.

Meine Mutter drückte Ronja einen Gefrierbeutel in die Hand, in dem irgendwas Grau-Schwarzes war, die Mäuse. Sie selbst nahm die Box mit der Eule, klemmte sich die Taschenlampe zwischen die Zähne und kletterte los.

Als Ronja ein paar Sprossen über mir war, folgte ich ihr mit einem Pappkarton, den ich auf Anweisung meiner Mutter aus dem Holzraum geholt hatte. Die Leiter schwankte. Ein paar Sprossen waren nicht mehr ganz fest und drehten sich in ihrer Halterung. Einmal rutschte ich ab und glaubte schon, ich würde gleich fallen, konnte mich aber gerade noch festhalten. Ich war ewig nicht mehr dort oben gewesen und war froh, dass meine Mutter die Spinnweben schon durchbrochen haben würde, wenn ich durch die Luke kam.

Oben angekommen sah ich die Schemen meiner Schwester und die Heuberge im matten Licht der Taschenlampe. Ich warf den Karton aufs Heu und kletterte hinterher. An den Rändern der Luke gab es eine Holzkonstruktion, die ein Geländer andeutete. Das war so wackelig, es war zu gefährlich, sich daran festzuhalten. Eine Klappe gab es nicht mehr. Es war kein Wunder, dass unsere Mutter uns hier nicht hatte spielen lassen. Man konnte leicht abrutschen, weil das Heu über die Kanten der Luke hing und man nicht sehen konnte, wo der Boden endete.

Ich nahm den Karton und stapfte zu Ronja. Der Wind war hier kaum zu spüren, weil das Fenster an der Nordseite lag. Die Luft war stickig. Es roch nach Staub.

Ich legte den Karton mit Heu aus, Ronja knetete auf den Mäusen herum.

»Geht eigentlich«, sagte sie. »Innen sind sie noch ein bisschen hart, aber vielleicht ist das auch die Wirbelsäule.«

Sie drehte den Gefrierbeutel um und ließ die Mäuse in den Karton fallen.

Meine Mutter hatte Laken über das Stroh gebreitet, und darüber unsere Decken gelegt.

»Das war früher der Kälberstall«, sagte sie. »Hier sind die Haken in der Wand viel weiter unten. Seht ihr? Und hier in die Rillen wurde die Kuhkacke geschoben.«

Von Kuhkacke war nichts mehr zu sehen. Riesige Spinnwebenfetzen, in denen sich Fliegen, Staub und Putz verfangen hatten, hingen an den Wänden. Wir würden nicht immer im Stroh schlafen müssen, erklärte meine Mutter, aber zur Feier des Tages, dass der Kaufvertrag unterschrieben war, könnten wir das Haus mit einer Nacht im Stroh einweihen.

Es war ein warmer, trockener Sommer, und wir hatten Schlafsäcke und Taschenlampen und fanden es aufregend, nicht im Bett zu schlafen. Mein Vater hatte einen Nagel in einen Balken gehauen und eine Petroleumlampe aufgehängt. Wir brauchten uns nicht die Zähne putzen.

Als wir am nächsten Morgen aufwachten, waren Ronja und meine Mutter nicht mehr da. Wir fanden sie auf der umgeklappten Rückbank unseres Jeeps.

Meine Mutter hatte Angst gehabt, Ronja könnte von Ratten angefressen werden, wenn sie neben ihr einschlief, im Stroh.

»Und du willst aufs Land ziehen«, sagte mein Vater.

Ratten würden manchmal Babys und Kleinkinder anfressen, im Krieg sei das sogar in Berlin passiert, erklärte uns unsere Mutter.

Lasse entwickelte nach dieser Nacht eine panische Angst vor Ratten. Noch Jahre später traute er sich nicht allein aufs Plumpsklo, wenn es dunkel war.

Die Rattenangst meiner Mutter schien sich jedoch schnell zu verflüchtigen. Sie meinte, wir könnten sofort in die alten Kuhställe ziehen, damit sie die Renovierung im Wohnbereich überwachen konnte. Mit einem Reisigbesen fegte sie das Stroh in den Ställen zusammen, die Glasscherben und den Schutt, Reste heruntergefallener Schwalbennester, Putz von den Wänden.

Zwischen zwei Balken hängte mein Vater Helges Hängematte. Unsere großen Matratzen legten wir auf den Steinboden zwischen den Tränken. Ronja bekam unser altes Kinderbett aus Holz, weil meine Mutter sie nicht auf dem Boden schlafen lassen wollte. Mein Vater trug mit den Männern der Nachbarhöfe Kommoden, Kleiderschränke und einen Schreibtisch in den Stall. Über unseren Köpfen sausten die Schwalben in ihre Nester und durch die zerbrochenen Fenster wieder nach draußen. Lasse und ich tanzten Ballett auf den Rohren, die über den Tränken verliefen.

Während meine Mutter in diesem Sommer das Einbauen der Fenster und Kachelöfen im Wohnhaus überwachte, erkundeten Helge, Lasse und ich den Hof und das Dorf und spielten mit den anderen Kindern, bis es dunkel wurde. Helge freundete sich mit dem Sohn des Nachbarbauern an und verbrachte immer mehr Zeit bei ihm. Wenn mein Vater von der Arbeit kam, ging er meistens zu einem der anderen Höfe, um sich eine Säge oder einen Bohrer auszuleihen, wankte mitten in der Nacht zu uns in den Stall, und wir wussten, unsere Mutter würde am nächsten Morgen schlechte Laune haben und uns von einer Aufgabe zur nächsten schicken. Wasser holen, abwaschen, die Türen schrubben.

Der Hof selbst war immer noch ziemlich zugewuchert. Zur Regentonne, zum Brunnen und zum Plumpsklo hatte meine Mutter Wege freigesenst. Abseits dieser Wege schlugen wir uns durch einen Urwald aus Brennnesseln, Schierling und Holunderbüschen.

Wir brauchten dringend die Ziegen, die meine Mutter uns versprochen hatte. »Ein natürlicher Rasenmäher, der die beste Milch gibt.«

Eines Nachmittags ließen wir die Handwerker allein, stiegen in den Jeep und fuhren zu dem Bio-Bauernhof, auf dem wir bis vor Kurzem einmal in der Woche eingekauft hatten. Dort gab es Pferde, auf denen wir manchmal reiten durften, Esel und Kühe. Und zwei schneeweiße Ziegen, eine große und eine kleine, die in einem Gehege abseits der Herde auf uns warteten und meckerten. Die Kleine hatte Hörner und einen Bart, die Ältere Glöckchen am Hals und schon ein richtiges Euter. Ein

Lehrling in abgeschnittenen Jeans und Gummistiefeln schnappte sich erst eine, dann die andere und lud sie in den Kofferraum unseres Jeeps, aber da blieben sie nicht. Während meine Mutter der Bäuerin ein paar Geldscheine reichte, saßen wir schon im Auto und streichelten die Ziegen, die wie verrückt meckerten und versuchten, über die Lehne auf die Rückbank zu klettern. Als meine Mutter die Tür aufmachte und einstieg, gelang der Großen das auch. Die Kleine hüpfte hinterher. Die spitzen Hufe bohrten sich in meine Oberschenkel. Wir schrien und beschwerten uns. Die Ziegen sprangen hin und her, und Lasse, der vorne saß, musste sie immer wieder nach hinten schieben, wenn sie meiner Mutter an den Haaren knabberten oder auf der Gangschaltung standen.

Um uns zu beruhigen, forderte meine Mutter uns auf, den Ziegen Namen zu geben, und wir riefen quer durcheinander und stritten uns darüber, wie sie heißen sollten, und versuchten dabei, die Ziegen dazu zu bewegen, sich wenigstens im Fußraum hinzulegen. Aber sie köttelten auf die Sitze, und als wir schon in unsere Einfahrt bogen, pinkelte Mathilda Ronja auf die Füße.

An dem Tag, an dem der erste Ofen fertig war, zogen wir vom Stall in die Küche. »Die Küche ist der wichtigste Raum«, hatte meine Mutter immer gesagt, und der Küchenofen war der wichtigste Ofen, weil wir damit endlich kochen konnten. Mit Lappen wischten wir den Lehm von den Kacheln, während mein Vater Feuer machte.

Auch der Ofensetzer war noch da, um zu sehen, ob der Rauch gut durchzog und nichts qualmte. Meine Mutter schnitt Möhren und Kartoffeln auf dem langen Tisch, der schon am Fenster stand.

Der Ofen war riesengroß. Auf dem etwa zwei Meter breiten Kochfeld aus Gusseisen hätten zehn Töpfe Platz gehabt. Wir kletterten hinauf und von dort auf eine gekachelte Ebene, auf der zwei von uns Kindern gleichzeitig sitzen konnten, wischten auch dort die Kacheln sauber, bis sie goldbraun glänzten und es uns an den Füßen zu heiß wurde. Nichts qualmte, und wir saßen auf dem großen Teppich vor dem Ofen, lauschten dem Knistern des Holzes und spürten, wie es langsam warm wurde. Meine Mutter hatte überall Kerzen aufgestellt und zwei Ringe aus dem Kochfeld genommen, nun stand der Eintopf direkt über den Flammen.

Mein Vater trug die Zinkwanne herein, die wir bisher zum Tränken der Ziegen genommen hatten und die nun unsere Badewanne werden sollte. Er stellte sie auf den Ofen neben den Eintopf und füllte sie mit Wasser aus dem Brunnen.

Wir konnten es kaum erwarten, wieder richtig zu baden. Den Sommer über waren wir oft schwimmen gewesen oder hatten uns mit dem Gartenschlauch abgespritzt, durch den wir das Wasser aus dem Brunnen nach oben pumpten.

Ronja und ich durften als Erste rein. Nackt kletterten wir über ein Brett auf dem Kochfeld in die Wanne.

Als es uns zu heiß wurde, goss mein Vater kaltes Wasser nach.

Von da an badeten wir jeden Sonntag auf dem Ofen.

N-JOY Radio. Die beste Musik zu jeder Zeit, jeden Tag, der Sound der Neunziger und das Beste von heute. Bei uns hört ihr das Beste aus Dance, Rock und Pop und natürlich News und Infos rund um die Uhr. Hier ist die Morningshow, und jetzt erst mal die News mit Christiane und Andreas. Bei uns seid ihr immer fünf Minuten früher informiert.

Ich drückte auf die Schlummertaste. Die Luft war so kalt um mich herum. Ich zog die Decke fester um meinen Körper und schloss die Augen. Mein Radiowecker sprang wieder an: *You are my fire, the one desire.* Ich mochte die Backstreet Boys nicht besonders, aber ihre Stimmen brachten mich in ein Chalet in der Schweiz, in dem ein Kaminfeuer loderte. Sie trugen naturfarbene Wollpullover, und draußen lag dicker weißer Schnee. Ronjas Zimmertür schlug zu. Ich schaute auf den Wecker, es war Viertel nach sechs. Ich warf die Bettdecke zurück, zog mir die Strumpfhose so schnell wie möglich aus und meine Jeans an, BH, Top, Pullover. Der Bus fuhr in fünfundzwanzig Minuten. Vorsichtig öffnete ich die Zimmertür, ich hörte nichts. Ich sah den Flur hinunter, bei den Körbchen unter der Garderobe war es dunkel, aber wenn da ein Hund gelegen hätte, der es auf mich abgesehen hatte, wäre er schon längst bei mir gewesen. Ich hatte keine

Zeit, also ging ich schnell in die Küche. Meine Mutter stand am Tisch und rührte das Hundefutter an.

»Morgen.«

»Morgen.«

Snoopy sprang auf den Tisch und schnupperte an dem Napf, in dem meine Mutter mit einem Kochlöffel Trockenfutter unter das Nassfutter hob.

»Ihr kriegt ja gleich«, sagte sie.

Ronja kam rein.

»Die Eule lebt noch«, sagte sie. »Aber die Mäuse hat sie nich gefressen.«

»Ich besorg heute lebende«, sagte meine Mutter.

Ich lief zur Küchentür hinaus nach draußen, hatte nicht damit gerechnet, dass die Wildschweine vor der Tür standen und auf ihr Futter warteten. Sie drückten ihre Nasen gegen meine Schienbeine, gegen meine Knie.

»Weg, lasst mich«, rief ich, aber sie folgten mir bis zum Plumpsklo. Sogar als ich auf dem Klo saß, donnerten sie ihre Nasen noch gegen die Tür. Putz rieselte von den Wänden und riss die Hälfte eines Spinnennetzes ein, das staubbedeckt in der Ecke gehangen hatte. Ich tippte gegen eine Stelle an der Wand, und noch ein Stück Putz löste sich und zerfiel beim Aufschlag auf den Boden. Die Luft war kalt und stickig. Im schummrigen Licht sah ich an mir herab, zog das rechte Hosenbein glatt, rieb über einen dunklen Fleck, der wahrscheinlich ein Wildschweinnasenabdruck war, aber der Dreck war schon in den Stoff gezogen.

Auf dem Weg zurück zum Haus hatte ich schon aufgegeben. Ich ließ die Wildschweine ihre Nasen in meine Kniekehlen drücken.

»Hättest du mir nicht sagen können, dass Hänsel und Gretel noch kein Futter haben«, sagte ich, als ich wieder in die Küche kam und den Wasserhahn aufdrehte, um mir die Hände zu waschen. »Jetzt muss ich mich noch mal umziehen.« Ich schaufelte mir das eisige Wasser ins Gesicht.

»Du hättest sie ja auch füttern können«, sagte meine Mutter.

Ich hatte keine Zeit mehr für eine Diskussion, holte mir ein Brötchen und zwei Müller-Milchreis mit Apfel-Zimt-Geschmack aus der Speisekammer und ging zurück in mein Zimmer. Jetzt hatte ich noch zehn Minuten, um mich zu schminken, meine Schultasche zu packen und mir eine frische Hose anzuziehen. Zum Glück hatte ich noch die schwarze, die einigermaßen sauber war.

Es war schon viel heller, als ich durch den Garten zur Straße lief. Der Herbstwind fuhr durch die Weiden am Straßenrand. Ronja stand schon auf dem Dorfplatz an der Bushaltestelle. Sie trug die Mütze, die sie gerade fertig gestrickt hatte. Oben an der Spitze war ihr die blaue Wolle ausgegangen, und sie hatte die letzten Bahnen in Regenbogenfarben zu Ende gestrickt.

Der Bus kam, und ich holte mein Portemonnaie raus, um den Busausweis vorzuzeigen.

Rehe fraßen auf den Feldern. Sie hoben die Köpfe, wenn wir an ihnen vorbeifuhren. Die Schüler der umliegenden Dörfer waren bei der Grund- und Realschule ausgestiegen, und der Bus war jetzt leer, bis auf Ronja, die ganz hinten saß, und zwei alte Frauen auf den Plätzen direkt hinter dem Fahrer. In den nächsten fünfzehn Minuten würde niemand mehr einsteigen. Wir fuhren zu schnell die Bundesallee entlang. Mir war schlecht. Ich hätte den Milchreis nicht während der Fahrt in mich reinlöffeln sollen. Wo war der Horizont? Ich musste etwas ansehen, das sich nicht bewegte. Die Bäume.

Eigentlich hätte ich lernen müssen, aber wenn ich zu lange nach unten auf meinen Hefter schaute, würde mir noch übler werden. *War* – Krieg, *ambush* – Hinterhalt, Angriff, Überfall, *violence* – Gewalt. Wir schaukelten hin und her. Die Halme am Straßenrand sahen abgestorben aus, Ackersenf, Schierling, Goldgarbe, Johanniskraut. Es war schon Jahre her, dass meine Mutter mit uns auf den Berg hinter dem Dorf spaziert war und all die Pflanzen benannt hatte. *Traitor* – Verräter. Die Welt da draußen sah starr aus. Da war nichts mehr von den wehenden Feldern des Sommers, durch die uns unsere Mutter geführt hatte. Um uns herum zwitscherten Vögel in den Feldern, Grillen zirpten am Straßenrand. Wir pflückten Schafgarbe und Johanniskraut für Tee und sammelten beides in kleine Körbchen und Beutel, die unsere Mutter unter uns aufgeteilt hatte. *Ambush* – Hinterhalt, Angriff, Überfall, *border* – Grenze, *disrupt* – stören, sprengen, durchbrechen, *conduct patrols* – Kontrollgänge durchführen, patrouillieren.

Der Busfahrer bremste plötzlich ab und hielt an einer Haltestelle, an der fast nie jemand einstieg. Die Tür ging auf, und ein Säufer stieg ein, einer, den ich schon ein paar Mal beim Sky-Parkplatz gesehen hatte. Als er durch den Gang immer näher kam, roch es, als hätte er den Sauerstoff durch Alkohol ersetzt. C_2H_5OH.

»Annabelle«, sagte er zu mir. »Da bist du ja! Annabelle und Isabelle.«

Er warf sich auf den Doppelsitz vor mir. Meine Mutter hatte mir eingebläut, Menschen, die mich ärgern oder belästigen, zu ignorieren. Also versuchte ich ihn nicht anzusehen. Ich rollte den Hefter in meiner Hand zusammen und sah aus dem Fenster. Die Scheiben waren so dreckig.

»Annabelle und Isabelle«, sagte er. »Du siehst aus wie Annabelle und Isabelle.«

Er klang, als ginge es ihm nur darum, diese Namen immer wieder auszusprechen. Ich versuchte nicht nur, ihn nicht anzusehen, ich versuchte auch, nicht mehr einzuatmen, trotzdem zog der Geruch durch meine Nase bis in den Magen. Da sind die Wälder, deren Blätter sich langsam verfärben. Noch fünf Kilometer, stand auf dem gelben Schild.

»Annabelle und Isabelle waren die schönsten Stuten. Annabelle und Isabelle, die Mähnen, die Mähnen.« Er streckte die Hand nach meinem Gesicht aus. Ich wich zurück ans Fenster, trotzdem strich er durch die Strähne, die mir bis auf die rechte Schulter fiel.

»Keine Angst, ich hab mich immer gut um meine Mädels gekümmert, die Mähnen, die Mähnen hab ich jeden Tag gebürstet. Haflingermähnen. Richtig blonde Haflingermähnen, und die Kinder haben sich umgedreht, wenn ich mit denen durch die Dörfer gefahren bin. Ja, das waren zwei Schöne, Annabelle und Isabelle. Bis nach Schwerin bin ich mit denen ma gefahren, bis nach Schwerin, zum Bahnhof, um meine Schwiegermutter abzuholen, Ex-Schwiegermutter. Aber Annabelle und Isabelle, das waren zwei Schöne.«

Wieder griff er nach meinem Haar, aber da kam eine Kurve, die ihn auf die Seite warf. Ich schnappte mir meinen Rucksack und setzte mich in die vorletzte Reihe auf der anderen Seite, genau vor Ronja.

»Alles okay?«, fragte sie.

»Ja, ja«, sagte ich.

Der Kopf des Mannes tauchte wieder auf, er sah verträumt in die Luft, als hätte er gar nicht gemerkt, dass ich nicht mehr da war, als wüsste er nicht, dass ich je dagesessen hatte. Er erzählte weiter.

»Annabelle und Isabelle.«

Irgendwas an ihm mochte ich. Waren es die Namen oder die Pferde oder die Tatsache, dass auch er in diesem Bus fuhr? Er erinnerte mich an den alten Helmut, dem wir unser Haus abgekauft hatten. Er wohnte ein paar Dörfer weiter und hatte zwei Mecklenburger Stuten, die seine Kutsche zogen, und organisierte einen Pferdemarkt, einmal im Jahr im Sommer. Er war riesengroß, und seine Hände waren riesengroß, und seine Finger wurden dicker und dicker, bis er die Zügel kaum noch halten konnte. Mein Vater hatte ein paar Mal mit ihm getrunken, wenn Helmut mit seiner Kutsche vorbeigekommen war, und wir hatten die Pferde auf die Weide bringen dürfen.

»Annabelle und Isabelle – das waren die schönsten Stuten, meine Kinder und meine Frauen, besser als Frauen. Annabelle und Isabelle, das waren Ladys, richtige Ladys waren das, und das wussten die auch.«

Wenn ich bis zur siebten Stunde hatte, fuhr kein Bus mehr. Dann ging ich zum Sky-Parkplatz. Der war für meine Mutter leichter zu erreichen. Warum sollte sie einen Umweg fahren, um mich von der Schule abzuholen, wenn ich genug Zeit hatte, ihr entgegenzukommen, weil sie sowieso später kommen würde? Das machte Sinn. Dass sie mich jedes Mal so lange warten ließ, bis ich völlig durchgefroren und unterzuckert war, machte nicht so viel Sinn. Aber ich konnte mich unterstellen, wenn es regnete, und mir ein Brötchen kaufen, wenn ich es wagte, meinen Warteplatz neben den Einkaufswagen zu verlassen. Wenn meine Mutter genau in dem Moment kam, ihre Runde über den Parkplatz drehte und mich nicht sah, ich nicht sofort auf den Beifahrersitz sprang, ohne dass sie wirklich anhalten musste, konnte es vorkommen, dass sie einfach wieder wegfuhr, das hatte ich oft genug erlebt. Sie brachte dann erst einen Hund mit Magendrehung zum Tierarzt, rettete ein paar Babykatzen vor dem Ertränktwerden oder beschlagnahmte halb verhungerte Kaninchen.

Es gab eine Telefonzelle am Marktplatz der Kleinstadt. Einmal hatte ich es gewagt, dort hinzugehen, obwohl sie bestimmt einen Kilometer weit entfernt war vom Sky-Parkplatz. Aber ich hatte zwei Stunden auf meine Mutter gewartet, und es hatte schon zu dämmern begonnen. Ich wusste, sie würde in den nächsten Minuten auf der Straße vor der Tankstelle auftauchen, genau dann, wenn ich losgehen würde, aber nachdem ich das zwei Stunden lang geglaubt hatte, es immer dunkler wurde und ich nicht wusste, wie ich an diesem Nachmittag noch die Hausaufgaben für den nächsten Tag schaffen sollte, weil von dem Nachmittag nichts mehr übrig war, ging ich doch los. Anfangs hatte ich mich immer wieder umgedreht, aber es war kein hellblauer Trabi in Sicht gewesen. Als ich die abschüssige Straße hinunterlief, konnte ich den Parkplatz schon bald nicht mehr sehen. Auch die Tankstelle und die Bundesstraße waren außer Sichtweite. Ich überlegte immer wieder umzudrehen, bereute es, losgegangen zu sein, schluckte die Tränen runter, bis es schmerzte.

Kurz bevor ich an der Telefonzelle war, fing es an zu regnen. Ich stand neben dem zerfledderten Telefonbuch, schob meine Karte in den Schlitz und wählte die Handynummer meiner Mutter, als immer mehr dicke Tropfen gegen die zerkratzten Scheiben schlugen.

»Ja, Madeleine, ich hatte hier einen Notfall.«

»Aber ich warte schon über zwei Stunden.«

»Ich mach mich gleich auf den Weg.«

Ihr »gleich« bedeutete, dass es mindestens noch eine halbe Stunde dauern würde.

»Ich bin jetzt in der Telefonzelle am Markt, und es regnet. Kannst du mich wenigstens von hier abholen?«

»Meinetwegen.«

Es goss in Strömen, als ich auflegte. Alles verschwamm in den Regentropfen und meinen Tränen. Das limettengrüne Licht des Döner-Palasts, die Scheinwerfer der Autos, die an mir vorbeifuhren.

Es gab auch Tage, an denen sie nur zwanzig oder dreißig Minuten zu spät war, dafür aber noch mal »ganz kurz in die Auffangstation« musste. So war es auch an dem Tag nach der Eule. Ich bettelte sie an, mir noch ein Brötchen kaufen zu dürfen für die Fahrt. Da sie meinte, ich sei unerträglich, wenn ich Hunger hätte, stimmte sie zu. Ich lief in den Sky, vorne zum Bäcker an die Theke. Vor mir kauften alte Leute Mischbrot, das sie sich schneiden ließen. Männer in dreckiger Arbeitskleidung bestellten »einen Pott Kaffee für hier!«. Endlich war ich dran, ließ die warm gewordenen zwanzig Pfennig auf die Theke klimpern. Mit dem Brötchen in der Hand lief ich zurück zu meiner Mutter, die, ihr Handy zwischen Ohr und Schulter geklemmt, losfuhr. »Ja«, sagte meine Mutter. »Das gibt's doch nicht ... Nein, Doro. Natürlich nicht ... nein ... Gib ihm ... und ... und wenn es morgen nicht besser ist, müssen wir eben zum Tierarzt ...« Kalle pupste hinten auf der Rückbank, und ich kurbelte das Fenster runter. »Mmh ... Ja, nein, Doro. Mmh ... Ich bin gleich da, dann gucke ich nach.«

Meine Mutter hörte auch nicht auf zu telefonieren, als wir auf dem Parkplatz vor der Auffangstation standen. Die Hunde kläfften, der Motor erstarb, und meine Mutter stieg aus. Ich hätte das Radio aufdrehen und versuchen können, sie dazu zu bringen, weniger lange zu bleiben, weil sie Angst hätte, ich würde die Autobatterie leer hören. Aber als mir das einfiel, war sie schon am Tor, griff durch den Maschendrahtzaun und öffnete den Drehverschluss von innen. Ein Rudel kleiner Hunde drängte sich kläffend und fiepend um sie herum, und Kalle begann zu winseln und am Fenster zu kratzen. Als meine Mutter das Tor zugezogen hatte, streckte sie ihnen eine Hand entgegen, an der sie sofort schnupperten und leckten. Umringt von der mitlaufenden Hundetraube ging sie auf den Eingang des Haupthauses zu, eine von Efeu bewachsene DDR-Baracke.

Die Verkleidung des Trabis war schon völlig zerschlissen. Neben dem Fahrersitz und an der Beifahrerseite hatte meine Mutter die übrigen Fetzen komplett abgerissen, sodass ich an der rohen Tür saß.

Ich schaltete das Radio ein, kurbelte das Fenster

runter. Mein Brötchen hatte ich längst aufgegessen. Auf der anderen Straßenseite galoppierte ein Mädchen mit langem Zopf über den Reitplatz. Ohne zu zögern, sprang der Rappe über das erste Hindernis.

Als meine Mutter zurückkam, stellte sie mir einen Adidas-Schuhkarton auf den Schoß.

»Hier«, sagte sie. Im Deckel waren winzige Löcher. »Du musst ihn immer ein bisschen zuhalten.«

Während sie Auto fuhr, versuchte ich Kalle daran zu hindern, mir auf den Schoß zu springen und sich auf die Mäuse zu stürzen. Gleichzeitig rappelte es in dem Karton immer wieder so sehr, dass ich Mühe hatte, den Deckel zuzuhalten. Kalle fiepte und kratzte mir über die Schulter. Meine Mutter streckte ihren Arm nach hinten und versuchte ihn durch Kraulen zu beruhigen, und ich übernahm mit einer Hand das Lenkrad.

Ich wusste nicht mehr, wann wir das erste Mal daraufgekommen waren, dass ich vom Beifahrersitz aus lenkte, wenn meine Mutter ihre Hände für etwas anderes brauchte, aber mittlerweile waren wir dabei ein eingespieltes Team. So konnte sie ab und zu schalten, Gas geben und sich um die Hunde kümmern, essen oder telefonieren, und ich übte das Lenken.

»Was ist, wenn die Mäuse pinkeln und der Karton durchweicht und sie rauskommen?«, sagte ich, nachdem mir der Gedanke eine Weile durch den Kopf gegangen war und ich das Gefühl hatte, die Unterseite des Kartons fühle sich leicht klamm an. Meine Mutter lenkte wieder selbst. Ich betastete den Boden, roch an meinen Fingern.

»So viel können die doch gar nicht pinkeln«, sagte meine Mutter. Aber ich traute ihr nicht, schon lange nicht mehr. Zu oft hatte sie Hunde und Katzen in mein Zimmer gesperrt, wenn ich nicht da war, obwohl für mein Zimmer ein absolutes Tierverbot galt. Sie hatte noch nicht mal versucht, die Spuren zu verwischen.

»Meine Bettdecke ist wieder voller Haare.«

»Da muss wohl eine Katze heimlich reingewitscht sein.«

Darum wunderte es mich auch nicht, dass sich im Laufe der Autofahrt der Boden der Kiste immer feuchter anfühlte und sich ein stechend-süßlicher Geruch ausbreitete. Wahrscheinlich war der Mäuseurin schon in meine Hose gesickert. Ich stellte die Box auf den Boden und einen meiner Füße obendrauf, ganz leicht. Meine Vorstellung, dass die Mäuse durch die aufgeweichte Pappe entkamen, durch das Auto flitzten und Kalle die Polster zerfetzte, bis der Schaumstoff durch den Wagen flog, wurde davon abgelöst, dass ich mir vorstellte, wie ich zutrat und die Mäuse unter meinen Füßen zerquetschte.

Ronja lag weinend im Bett, als wir in ihr Zimmer kamen. Sie war nach der Schule auf den Heuboden geklettert und hatte die Eule leblos in der Ecke der Kiste vorgefunden. Die Mäuse rumpelten im Karton.

»Wir suchen ein ganz schönes Grab aus«, sagte meine Mutter. »Vielleicht hinten bei der Weide.«

»Da liegen doch schon Emil und Pocahontas.« Ronja schniefte.

»Was machen wir denn jetzt mit den Mäusen?«, fragte ich.

Ronja schien den Karton erst jetzt zu bemerken und kam aus dem Bett gesprungen.

»Die setzen wir trotzdem aus«, sagte meine Mutter. »Vielleicht freut sich noch 'ne andere Eule.«

»Zeig mal!«, sagte Ronja.

»Die springen sofort raus«, sagte ich und presste beide Daumen auf den Deckel.

»Ich hab sie auch noch nicht gesehen«, sagte meine Mutter.

»Ich mach den Deckel auf jeden Fall nicht auf«, sagte ich und drückte ihr den Karton in die Hand.

Meine Mutter öffnete den Deckel einen winzigen Spalt an einer Ecke, und Ronja beugte sich hinunter und sah hindurch. Ich bezweifelte, dass sie irgendwas sehen konnte, aber sie meinte, die Mäuse seien »total süß«, und wollte sie behalten.

»Falls wir mal wieder eine Eule finden«, sagte sie. »Oder einen Greifvogel. Es wäre doch praktisch, wenn wir immer Mäuse dahätten.«

Als ich kurz darauf auf dem Weg in die Speisekammer wieder in Ronjas Zimmer kam, stand das riesige alte

Aquarium von unserem Vater auf der Kommode neben ihrem Bett. Es war zu einem Drittel mit Heu gefüllt, ein paar Zweige, kleine Holzscheite und einen Stein hatte sie hineingelegt. Dazu jede Menge Grashalme, Blätter und Walnussschalen.

Ronja saß davor auf ihrem Schreibtischstuhl, mit einer Decke über den Schultern.

»Das ist der Spielplatz«, sagte sie.

Ich kam näher und sah, dass die Äste und Holzstücke so zusammengelegt waren, dass die Mäuse wie in einem Baum oder auf einem Gerüst herumklettern konnten. Daneben lagen zwei Klopapier-Papprollen, von denen eine schon an den Kanten angenagt war, in einer Ecke unter dem Heu ein Haufen zerpflücktes Klopapier.

»Die haben sich schon ein Nest gebaut«, sagte Ronja. »Rosa ist in der Papierrolle da, guck? Sie ist die weiße mit den roten Augen.«

Ich wusste nicht, wie meine Schwester das riesige Aquarium vom Dachboden geschleppt hatte. Auch den Deckel mit der Futterklappe hatte sie gefunden.

Die Scheiben waren noch ein bisschen algenverschmiert, aber all den Kies, der da zuletzt drin gewesen war, hatte sie rausgeräumt, bis auf eine dünne Schicht, die den Boden bedeckte.

Zuletzt hatte mein Vater drei Barsche in dem Aquarium gehalten, die alle Zierfische aufgegessen hatten, bevor sie begannen, sich gegenseitig aufzufressen. An dem ersten und einzigen Silvesterabend, den mein Vater hier verbracht hatte, oben in seinem Zimmer, schwamm einer der Fische nur noch halb im Wasser herum. Der größte der drei Barsche hatte da schon den kleinsten gefressen und dem mittleren die hintere Hälfte seines Körpers abgebissen.

Die Eule lag eingewickelt in einen alten Kopfkissenbezug im Sprühregen, als meine Mutter den Spaten in die frisch aufgeschüttete Erde rammte. Ronja blickte herunter auf das Loch zu unseren Füßen, in den Händen hielt sie einen Strauß Ringelblumen aus dem Garten.

Meine Mutter war gerade vom Einkaufen zurückgekommen. Lasse, Ronja und ich waren zu ihr auf den Hof gelaufen, und auch mein Vater war da, um ihr zu helfen, die Einkäufe ins Haus zu tragen. Aber wir hatten so einen Hunger, wir kletterten auf die heruntergeklappte Kofferraumtür und machten uns über die Brötchentüten her.

»Ich fahre nie wieder mit diesem Jeep zur Kaufhalle«, sagte meine Mutter und griff nach einem vollgestopften Jutebeutel, aus dem ein Bund Frühlingszwiebeln ragte. Innerhalb weniger Wochen hatte sie die wichtigsten DDR-Wörter in ihren Wortschatz integriert, und sie kam mir merkwürdig fremd vor, wenn sie »Waschautomat« oder »Plaste« sagte.

»Aber du wolltest den Jeep doch unbedingt haben«, sagte meine Vater. »In Mitternachtblau.« Er zog einen Beutel an Ronja vorbei zu sich hin.

»Weißt du, wie ich mir da vorkomme, wenn ich vor der Kaufhalle neben den Trabis halte? Und ich brauche sowieso ein eigenes Auto, wenn du den ganzen Tag weg bist.«

Beide lehnten an je einer Seite der heruntergeklappten Kofferraumklappe, auf der wir saßen.

»Aber in einen Trabi kriegst du doch die Kinder gar nicht rein.«

»Klar, eins vorne, drei hinten.«

»Und im Winter bleibst du sofort stecken.«

»Die haben hier doch alle Trabis und bleiben nicht stecken. Ronja, nicht den ganzen Zopf!«

Während Lasse und ich uns jeweils ein Brötchen genommen hatten, hatte Ronja sich gleich einen ganzen Mohnzopf geschnappt und hineingebissen.

»Und was ist mit der Umwelt? Dieser ganze Mist, der da rauskommt«, sagte mein Vater.

»Glaubst du, da ist der Jeep besser?«

Meine Mutter versuchte Ronja den Mohnzopf aus den Händen zu ziehen. Ronja quietschte und klammerte sich an das Gebäck.

»Und tanken kannst du auch nicht überall.«

»Das kann man sich doch ganz einfach selbst mischen. Karl-Heinz hat schon gesagt, dass er mir das zeigt.«

Ich pulte das Innere aus meinem Brötchen. Meine Mutter zog immer noch halbherzig an dem Mohnzopf, Ronja fing an zu weinen.

»Du kannst eine Hälfte haben«, sagte meine Mutter und riss ihn in zwei fast gleichgroße Teile. Tränen quollen aus Ronjas Augen, schluchzend biss sie von ihrem kleineren Stück ab.

Auf der Ostweide fing eine Ziege an zu meckern, meine Mutter steckte das Stück Mohnzopf zurück in eine der Brötchentüten, stieß sich leicht vom Jeep ab und ging mit ihrem Beutel in der einen Hand und der Brötchentüte in der anderen Richtung Haus.

»Ich fahre auf jeden Fall nie wieder mit dem Jeep zur Kaufhalle«, rief sie noch.

»So, runter da jetzt«, sagte mein Vater, schnappte Ronja und setzte sie auf den Boden. Dann griff er nach den anderen Beuteln.

»Ihr könnt mal die Brötchen mitnehmen«, sagte er zu Lasse und mir und folgte meiner Mutter ins Haus.

Die Mäuse hatten sich explosionsartig vermehrt. In wenigen Wochen waren es so viele geworden, dass wir sie unmöglich im Aquarium lassen konnten. Ronja und meine Mutter hatten sich darauf geeinigt, dass wir sie auf dem Heuboden aussetzen sollten, denn dort würden sie weder von den Hunden noch von den Katzen gefunden werden können, vielleicht aber würde eine andere Eule vorbeikommen. Eulen brauchten Futter, gerade die jungen, wenn sie die Nester ihrer Eltern verlassen hatten und bei sinkenden Temperaturen allein zurechtkommen mussten. Da das Aquarium viel zu schwer war, um es die lange Leiter hinaufzutragen, hatte meine Mutter Lebendfallen aus der Auffangstation mitgebracht.

Diese beiden Fallen stellte Ronja nun in dem Aquarium auf, und spätestens eine Minute später machte es schnapp. Ronja behauptete, sie könnte all die jungen Mäuse noch auseinanderhalten, was ich bezweifelte, und auch sie selbst schien immer wieder ins Straucheln zu geraten, wenn sie mir sagen wollte, welche Maus nun in der Falle saß.

»Das ist Snape«, sagte sie, als eine pechschwarz glänzende Maus hinter dem Gitter hin und her flitzte. »Nein, Portugal. Portugal ist ein bisschen schlanker.«

Sie hob die Falle heraus, schüttelte noch eine grau gefleckte Maus ab, die sich am Gitter festgekrallt hatte, und öffnete die Klappe wieder über dem schwarzen Kohleeimer, der neben dem Aquarium stand und mit Heu ausgelegt war.

Mit zehn Mäusen machten wir uns auf den Weg zum Heuboden. Sie flitzten hin und her, und Ronja, die den Eimer trug, sprach leise auf sie ein. »Ja, meine Guten.«

Wir kletterten die Leiter hoch, ich hinter Ronja, um sie zur Not halten zu können, weil sie sich nur mit einer Hand festhalten konnte.

»Das ist doch ein richtiges Mäuseparadies«, sagte Ronja.

Staub rieselte mir in die Augen, als sie auf den Heuboden trat. Wir gingen wieder zu der flachen Stelle, dorthin, wo keine Heuballen lagen und wir schon die Eule hingesetzt hatten. Ronja kippte den Eimer vorsichtig auf eine Seite und ging ein paar Schritte zurück.

Mattes Licht fiel durch das Fenster und die paar gläsernen Dachziegel. Eine weiße Maus mit grauen Flecken näherte sich schnuppernd dem Rand des Eimers.

»Ich hoffe, dass keine Eule hier reinkommt und keine Katze und sie hier einfach friedlich leben können«, sagte Ronja.

Flecki-Zwei setzte erst einen Vorderfuß, dann den anderen auf das Heu außerhalb des Eimers, schnupperte mit lang gezogenem Körper, dann verschwand sie zwischen den Halmen.

Als wir vom Stall in den Wohnbereich des Hauses zogen, war die Zeit des Familienschlafzimmers vorbei. In der Villa und auch bei meinen Großeltern hatte es jeweils einen Raum gegeben, in dem so viele Matratzen nebeneinanderlagen, dass wir alle sechs darauf Platz gehabt hatten. Nur Anna hatte ein eigenes Zimmer gehabt, sie war aber schon vor unserem Umzug zu meinen Großeltern ausgezogen.

Im Stall hatten wir zwar nicht mehr nebeneinandergeschlafen, aber immerhin noch in einem Raum. Als die Öfen fertig waren, es Herbst wurde und wir in den Wohnbereich zogen, schlief mein Vater im ersten Stock, in einem Zimmer, in dem es noch einen alten Kamin gab.

»Da kannst du dein Chaos ausbreiten«, hatte meine Mutter gesagt.

Schon in unserem alten Haus hatte mein Vater ein eigenes Zimmer gehabt, das hauptsächlich sein Büro und immer so unordentlich gewesen war, dass meine Mutter sich geweigert hatte, es zu betreten. Das war auch in dem neuen Haus so. In dem Büro meines Vaters standen zwei große Schreibtische mit mehreren Computern, Monitoren, Tastaturen, Mäusen, Kabeln, Disketten,

Prozessorplatten, umgeben oder bedeckt von Papierstapeln, Ordnern und Akten, Lupen, Bunsenbrennern und Reagenzgläsern. Auf den Fensterbrettern standen riesige Töpfe mit uralten Kakteen. Und auf einem Rollwagen davor das Aquarium. Eigentlich sofort sah es in diesem genauso aus wie in dem vorigen Zimmer meines Vaters, mit dem Unterschied, dass nun der Boden vollstand mit noch nicht ausgepackten Bücherkisten, durch die man sich einen Weg bahnen musste. Außerdem gab es zwei Sofas, die über Eck standen, eines, auf dem mein Vater schlief, auf dem anderen lagen Bücher und Zeitungen.

Wir Kinder mieden das Zimmer unseres Vaters, weil er uns, sobald wir es betraten, irgendwas erklären wollte, wie man mit einer Lupe Feuer machte oder wie eine Batterie funktionierte. Das Einzige, das wir spannend fanden, war das Aquarium. Es gab zwar kaum noch Fische, aber umso aufregender war es, wenn wir mal einen zu Gesicht bekamen, in dem dichten Dschungel aus Wasserpflanzen.

Ich war die Einzige, die immer mal wieder Zuflucht suchte bei meinem Vater, wenn meine Mutter schlechte Laune hatte. Dann verkroch ich mich auf die leere Couch und sah den Flammen dabei zu, wie sie die Holzscheite verschlangen, während mein Vater auf der Tastatur herumtippte. Ich hatte das Gefühl, auch er floh vor den Wutausbrüchen meiner Mutter, und ich konnte verstehen, dass er lieber hier oben saß, als bei uns zu wohnen.

Es war in der Zeit, als Helge und ich noch die Tür zwischen unseren Zimmern offen ließen, nachts, weil es so neu für uns war, allein zu schlafen. Eigentlich hatten wir schon längst schlafen sollen, aber Baldur hatte gebellt, als mein Vater nach Hause gekommen war, und kurz danach hatten wir die Stimmen meiner Eltern gehört, vor allem die meiner Mutter, denn sie schrie ganz eindeutig so laut, wie sie sonst nur mit uns redete, wenn wir etwas ziemlich Schlimmes angestellt hatten. Auch an diesem Abend, an dem Helge und ich uns in den Flur geschlichen hatten, um an der Küchentür zu lauschen, sprach mein Vater ganz ruhig.

»Du bist doch nie da«, brüllte meine Mutter. »Dann kannst du auch gehen.«

»Das stimmt doch gar nicht«, sagte mein Vater.

Helge machte die Tür auf.

»Doch, das stimmt. Du bist nie da«, sagte er, und ich schob mich hinter ihm durch die Tür. Die Küche war damals noch sauber und aufgeräumt gewesen, ein großer Teppich lag vor dem Ofen, in dem das Feuer flackerte.

»Dann geh du doch arbeiten«, sagte mein Vater. »Wer bringt denn das Geld nach Hause, von dem du deine Kachelöfen und Holzfenster bezahlst?«

»Wieso meine, ich dachte, du wolltest das auch alles hier«, sagte meine Mutter, ruhiger. Nun klang sie sehr erschöpft. »Und ihr geht jetzt wieder ins Bett.« Sie schob uns durch die Tür, zurück in den Flur. »Ich komm euch gleich noch mal Gute Nacht sagen.«

»Könnt ihr euch nicht einfach entschuldigen? Das sagst du uns doch auch immer«, sagte Helge.

»So einfach ist das nicht«, sagte meine Mutter.

Als wir wieder im Bett lagen, war alles still. Nur einen Trabi hörten wir kurz danach an unserem Hof vorbeifahren.

»War das Mama?«, fragte ich, aber Helge antwortete nicht.

Am nächsten Morgen, es war ein Samstag, und wir mussten nicht in die Schule, war meine Mutter nicht da. Mein Vater saß bei Ronja im Bett und wollte von ihr wissen, wo ihre Hosen waren. Lasse hatte sich bereits angezogen. Ich lief in die Küche, spürte, wie kalt es war. Der Ofen war ausgegangen. Normalerweise achtete meine Mutter doch immer darauf, dass das nicht passierte. Die Ziegen meckerten so laut, wir hörten es bis in die Küche. Es war schon fast neun, eigentlich wurde Doris um sieben gemolken, und danach wurden sie rausgebracht. Helge schlüpfte in seine Stiefel.

»Kannst du mir nicht wenigstens noch Doris festhalten?«, fragte ich, aber er erwiderte nur, dass er eh schon viel zu spät sei, und verschwand aus der Tür.

Ich wusste nicht, was ich zuerst machen sollte, den Ofen heizen oder die Ziegen versorgen. Meinen Vater hatte ich Doris noch nie melken gesehen. Ich wusste gar nicht, ob er überhaupt melken konnte.

»Die Tiere gehen immer vor«, sagte meine Mutter

doch immer. Wir durften erst frühstücken, wenn alle Tiere gefüttert waren. Also ging ich in das Zimmer von Ronja und Lasse, bat meinen Vater, den Küchenofen zu heizen, und Lasse, mir mit den Ziegen zu helfen. Ich hatte Doris schon lange nicht mehr gemolken, auch wenn ich wusste, wie es ging, aber sie gab so viel Milch, dass es anstrengend war für meine kleinen Finger, so lange durchzuhalten, bis die ganze Milch draußen war. Außerdem musste man schnell sein, um mit dem Melken fertig zu werden, bevor Doris den Hafer aufgefressen hatte, weil sie sonst unruhig wurde.

Ich nahm einen zweiten Milchtopf mit, damit ich die schon gemolkene Milch nach der Hälfte an einen sicheren Ort stellen konnte. Lasse trug ich auf, den Eimer für den Hafer ganz voll zu machen.

Es gab zwei Möglichkeiten zu melken. Entweder man hielt in der einen Hand den Milchtopf und melkte mit der anderen erst eine Seite des Euters leer, dann die andere. Das dauerte zwar länger, und es konnte sein, dass Doris früher fertig war mit dem Fressen und versuchen würde, nach dem Topf zu treten, allerdings hatte man dann die Chance, ihn schnell wegzuziehen. Meine Mutter nutzte immer die schnellere Variante mit mehr Risiko. Sie stellte den Topf ins Stroh und melkte mit beiden Händen los.

Doris und Mathilda bestürmten uns mit einem kläglichen Meckern, als wären sie wirklich kurz davor, vor Hunger zu sterben. Ich hielt den Hafereimer so weit hoch wie möglich, die Ziegen meckerten und meckerten und zogen so sehr an ihren Ketten, dass sie sich fast die Luft abschnürten. Lasse suchte die Haferschüsseln, die unter dem Stroh verwühlt waren, und stellte sie vor mir auf den Boden. Sobald Doris ihren Hafer hatte, musste es schnell gehen. Helge brachte erst der tragenden Mathilda ihre Portion, während ich den Rest, viel mehr als sonst, in die andere Schüssel leerte.

Schnell hockte ich mich neben Doris, die so wild fraß, als glaubte sie, die Schüssel könnte ihr jeden Augenblick wieder weggenommen werden. Ich hatte einen Milchtopf hinter mich gestellt, der andere stand unter dem Euter, und meine kurzen Finger umschlossen die prall gefüllten Zitzen. Nach ein paar Spritzern, die ins Stroh gingen, traf ich den Topf, in dem sich eine schaumige Milchpfütze bildete. Meine Finger öffneten und schlossen sich und fühlten sich verkrampft an, aber ich melkte ganz automatisch und stieß meine Fäuste immer wieder ins Euter..

Dabei hatten wir das Melken erst im Herbst zuvor gelernt. Eine der Dorffrauen hatte es meiner Mutter an ihren Kühen gezeigt, und meine Mutter brachte es dann auch uns bei. Anfangs stritten wir uns noch darum, wer zuerst melken durfte, aber als Doris uns das erste Mal mit den scharfen Kanten ihrer Hufe getroffen hatte und wir merkten, wie anstrengend es war, so lange zu melken, bis das Euter leer war, überließen wir das Melken wieder meiner Mutter. Auch die Milch selbst war eine

Enttäuschung. Lange hatte uns unsere Mutter vorgeschwärmt, wie gut und gesund Ziegenmilch war. Als ich die Milch das erste Mal probierte, dachte ich, sie wäre schlecht. Sie schmeckte nicht so süß und sahnig wie die Kuhmilch, die wir gewohnt waren, sondern leicht bitter und würzig und jeden Tag ein bisschen anders, je nachdem, was die Ziegen gefressen hatten, Holunderbüsche, Brennnesseln, Heu oder Hafer. So schmeckte unser morgendliches Müsli auch jeden Tag ein bisschen anders. Der raue Geschmack der Milch überdeckte die Süße der Haferflocken, und ich musste mich anfangs überwinden, das Müsli aufzuessen. Kuhmilch gab es bei uns, solange wir Ziegen hatten, nie wieder.

»Wir haben Milch«, sagte meine Mutter, wenn wir uns über den Geschmack beschwerten, »und die ist viel gesünder.«

»Ist noch genug da?«, fragte ich und melkte weiter und weiter, obwohl ich schon nicht mehr ganz so schnell war wie zu Beginn.

»Na ja«, sagte Lasse. »Etwas mehr als die Hälfte hat sie schon aufgefressen.«

Der Milchtopf war bereits halb voll, aber viel davon war nur Schaum, das konnte ich mittlerweile einschätzen. Ich stellte den Topf vorsichtig hinter mich ins Stroh und nahm mir den zweiten. Als ich diesmal Doris' Zitzen berührte, trat sie nach meinen Händen, oder nach dem Topf, der auf jeden Fall umkippte. Mathilda hatte schon aufgefressen, meckerte und brachte auch Doris aus dem Konzept.

»Soll ich noch mehr Hafer holen?«, fragte Lasse.

Das Euter vor mir war zwar schon nicht mehr prall, es hing schlapp herab, aber leer war es noch lange nicht.

Lasse nahm den Eimer und eilte aus dem Stall. Ich melkte und melkte. Ich wusste, wie wichtig es war, dass das Euter ganz leer gemolken wurde, sonst ging die Milchproduktion zurück. In dem zweiten Topf stand schon der Schaum, als ich die Haferschale gegen die Wand scheppern hörte. Bevor ich die Milch in Sicherheit bringen konnte, trat Doris mitten hinein, nahm den Huf wieder raus, schüttelte ihn kurz und machte einen Schritt zur Seite. Ich schüttete die verdreckte Milch ins Stroh und stellte den Topf wieder unters Euter, aber als ich nach den Zitzen griff, trat sie mich weg und machte einen Hüpfer nach vorne, mit dem sie mich umstieß. Ich fasste nach hinten, um mich abzufangen, und kippte dabei den vollen Milchtopf um.

Meine Mutter fuhr auf den Hof, als wir gerade dabei waren, die Ziegen zu ihren Pflöcken zu führen. Sie trug immer noch die Latzhose, die sie am Tag davor getragen hatte, ihr Haar sah verstrubbelt aus, nur ihr Make-up war wie immer perfekt.

»Gemolken haben wir schon«, sagte ich.

»Super, ich hab Brötchen mitgebracht«, sagte sie und fischte zwei riesige Brottüten vom Beifahrersitz, die Weizenbrötchen aus der Kaufhalle, die früher immer zu ungesund für uns gewesen waren.

Nach diesem Streit verbrachte meine Mutter die Nächte immer seltener zu Hause. Wenn die Tiere versorgt waren, wir Abendbrot bekommen hatten, Ronja und Lasse schliefen und Helge und ich zumindest in unseren Betten lagen, hörte ich den Trabi auf der Straße beschleunigen. An einem der ersten Abende glaubte ich noch nicht daran, dass sie schon wieder so spät noch weggefahren war.

»War das Mama?«, fragte ich in das dunkle Zimmer hinein.

»Weiß ich nicht«, sagte Helge.

Das Trabi-Motorengeräusch hatte mich hellwach gemacht, und ich lag da und versuchte Gründe zu finden, warum sie es auf keinen Fall gewesen sein oder gleich wiederkommen würde. Jeden Moment erwartete ich, den Trabi zu hören, oder die Tür, die von der Diele in den Flur führte. Zu wem sollte meine Mutter schon gefahren sein? Sie hatte eigentlich keine Freundinnen, außer Bea vielleicht, die sie noch aus der Schulzeit kannte, die aber vor Kurzem mit ihrem neuesten Mann nach Mallorca gezogen war. Mit unserer Nachbarin Michaela verstand sie sich ganz gut, aber um sie zu besuchen, hätte sie nicht den Trabi genommen. Ich würde nicht schlafen können, bis ich nicht wenigstens wusste, ihr Trabi war da, und wenn er nicht auf dem Hof stand, wollte ich so lange wach bleiben, bis sie wieder zurück war.

Ich stand auf, schlüpfte in meine Gummistiefel und ging so leise wie möglich durch den Flur in die Küche. Ich wusste nicht, ob mein Vater oben in seinem Zimmer saß und arbeitete oder ob er sich mit den Dorfmännern zum Trinken traf. Aber selbst wenn er mich oder das Quietschen der Türen hörte, würde er nur glauben, dass ich noch mal aufs Klos musste. Dass wir abends oder nachts durchs Haus oder nach draußen gingen, war nichts Außergewöhnliches, schließlich war das Plumpsklo auf der Weide, und auch wenn wir uns nicht trauten, so weit zu gehen, weil die Nacht zu dunkel war und die Batterien der Taschenlampen leer waren, mussten wir doch das Haus verlassen, um unter einen Holunderbusch zu pinkeln.

Ich ging durch die Küchentür raus, damit es so klang, als würde ich aufs Plumpsklo gehen. Die Nacht war hell. Ein fast voller Mond ging gerade über der Scheune auf. Von hier aus sah ich nur die Schemen des Jeeps auf dem Hof. Den Trabi parkte meine Mutter meist direkt hinterm Haus, um die Einkäufe nicht so weit tragen zu müssen. Als ich an der Hauswand entlang nach hinten ging, überlegte ich immer wieder umzukehren. Vielleicht wollte ich es gar nicht so genau wissen. Ich wünschte mir, so seelenruhig schlafen zu können wie meine Geschwister. Ich wünschte mir, einfach glauben zu können, meine Mutter wäre die ganze Nacht über da und würde morgens zum Brötchenholen nach Restorf fahren.

Ein kühler Wind fuhr durch den dünnen Stoff meines Schlafanzugs. Ich blieb an der Ecke stehen und sah auf die Stelle, an der normalerweise der Trabi stand. Dort waren nur die parallel verlaufenden Spuren, in denen das Gras fehlte und sich Wasser sammelte, wenn es regnete. Der Wind fuhr durch die Bäume und in mein Haar. Ich legte den Kopf in den Nacken und sah hoch in die Sterne. Die Milchstraße verlief genau über unserem Hof. Ich erinnerte mich daran, wie meine Mutter uns zum ersten Mal auf den Nachthimmel hier aufmerksam gemacht hatte. So viele Sterne hatte ich noch nie zuvor gesehen. Es waren nicht diese einzelnen leuchtenden Punkte, mit denen man als Kind den Sternenhimmel malte. Um so einen Sternenhimmel aufs Papier zu bringen, müsste man ein sehr helles Gelb mit einer Zahnbürste auf dunkles Papier spritzen, bis fast alles mit Punkten bedeckt war.

»Versteht ihr jetzt, warum ich nicht mehr in der Stadt wohnen wollte?«, hatte meine Mutter gesagt.

An diesem Abend, als ich das Fehlen des Trabis mit eigenen Augen gesehen hatte, eilte ich zurück in mein Zimmer. Aus irgendeinem Grund glaubte ich immer noch, meine Mutter würde jeden Augenblick wiederkommen, ich war fest davon überzeugt, sie würde kommen und mich ins Bett scheuchen. Als ich wieder unter meine Decke kroch, war ich enttäuscht, dass sie immer noch nicht zurück war. Ich musste zu schnell gewesen sein. Also lag ich im Bett und lauschte und wartete und hörte nur das

Rauschen der Linden vor dem Fenster und eine Eule in den Apfelbäumen rufen.

Die hellen Billigbrötchen, die wir eigentlich nur an Feiertagen essen durften, gab es von da an fast jeden Tag. Mein Vater fuhr zur Arbeit, wenn meine Mutter wiederkam. Und wenn Lasse fragte, wo sie gewesen war, verteilte sie irgendwelche Aufgaben an uns.

»Wieso ist der Abwasch noch nicht gemacht? Seht ihr nicht, wie der Boden aussieht? Da steht der Wischeimer. Und wieso liegen hier Socken rum? Glaubt ihr, ihr seid mit einer Putzfrau auf die Welt gekommen?«

An diesem Nachmittag war meine Mutter so pünktlich wie noch nie. Kaum hatte ich meinen Rucksack neben den Einkaufswagen abgesetzt, knatterte auch schon ihr Trabi auf den Parkplatz. Irgendwas stimmte nicht, dachte ich, als ich neben dem Wagen stand. Es saß kein Hund auf dem Beifahrersitz.

»Wir müssen gleich noch was erledigen«, sagte sie. »Wir müssen noch einen Hund holen.«

»Von wo?«

»Bewitz oder so. Irgendwo hinter Nesow, so ein paar Häuser. Die Adresse steht da auf dem Zettel.«

Wir rollten schon wieder vom Parkplatz. Ein herausgerissenes Kalenderblatt wurde vom Armaturenbrett geweht. Ich fing es auf. »Ausbau 2« stand in Schreibschrift neben einer dicken Elf.

»Und was, wenn er beißt?«

»Der beißt schon nicht. Da in der Tüte sind Bockwürstchen und für dich Brötchen. Du kannst mir auch eins geben.«

Ich riss mir eine Brötchenecke ab, und wir brausten auf die Bundesstraße hinaus.

Zwanzig Minuten später bremste meine Mutter ab, als wir an einem Dorfeingangsschild vorbeikamen. Bewitz – von diesem Dorf hatte ich noch nie was gehört, aber mit allem, was östlich von Gadebusch lag, kannte ich mich auch nicht mehr aus. Wir kamen an frisch fertig gebauten Bungalows vorbei, LPG-Gebäuden und einem heruntergekommenen Gutshaus am Ende einer Lindenallee. Ein Junge, der mit seinem Fahrrad auf dem Bürgersteig fuhr, hielt an, um uns hinterherzuschauen. Ein paar Regentropfen fielen auf die staubige Frontscheibe.

»Ausbau 2?«, fragte meine Mutter.

»Ja«, sagte ich und sah noch mal auf den Zettel in meiner Hand.

Von der einen langen Straße, die sich durch das Dorf zog, ging links ein Weg ab, der sich nach etwa zwanzig Metern in einer heruntergefahren Wiese verlor.

»Aber ich steige nicht mit aus«, sagte ich.

Der Mann hatte wirre graue Haare bis zur Schulter, einen Zehntagebart, aus dem sein fast zahnloser Mund aufblitzte, wenn er meine Mutter anbrüllte. Ich hatte das Fenster ein bisschen runtergekurbelt, um besser hören zu können. Es hatte wieder aufgehört zu tröpfeln, doch über dem bunten Wald war der Himmel so dunkel, als könnte es jeden Moment losbrechen.

»Wenn Sie sich weigern, den Hund freiwillig rauszugeben, muss ich die Polizei rufen«, sagte meine Mutter.

Ich wollte, dass sie wieder einstieg. Sah sie denn nicht, dass er sie mit einem Gewehr bedrohte? Es wackelte hin und her bei jedem humpeligen Schritt, den der Mann machte. Seine Hände zitterten, aber das hieß ja nicht, dass er nicht tatsächlich abdrücken würde. Das alles wirkte wie ein Film, in dem ich nicht sein wollte. Dieser heruntergekommene Typ, der da in der Landschaft stand. All die farblosen Halme einer schon ewig nicht mehr gemähten Wiese, zwischen denen er herumstolperte. Das winzige Haus, hinter dem irgendwo der Hund bellte, und meine Mutter, zwei Köpfe größer als der Mann, ihr blondes Haar, das im Wind wehte wie die Gräser.

»Ich lasch den, den«, der Mann stockte, »gleich auf Sie losch, lasch ich den.«

Er hielt das Gewehr mit beiden Händen. Der Lauf zielte irgendwo in den Wald. Ich wünschte, ich könnte ein Luft- von einem Jagdgewehr unterscheiden. Vielleicht war es auch eine Schrotflinte.

»Ja, bitte machen Sie das!«, rief meine Mutter. Sie hielt die Leine in der einen, die Würstchenpackung in der anderen Hand.

Der Mann tat mir leid. Wenn er den Hund verlor, würde er hier ganz alleine leben, vielleicht würde er sich selbst mit seiner Flinte abknallen, und dann stünde noch ein Haus leer. Als der Mann sich umdrehte und auf sein Haus zuhumpelte, öffnete ich die Trabitür so leise wie möglich und ging zu meiner Mutter rüber.

»Der arme Mann«, sagte ich. »Du kannst ihm doch nicht den Hund wegnehmen.«

»Der arme Hund«, sagte meine Mutter.

»Ist das ein echtes Gewehr?«

»Der kann doch gar nicht mehr richtig zielen.«

Ich bewunderte meine Mutter in Momenten wie diesen. Gern wäre ich genauso mutig und selbstsicher gewesen.

Mit den Zähnen riss sie die Bockwurstpackung auf.

Der Mann verschwand gerade hinter dem Haus. Das Bellen hörte auf, und meine Mutter ging weiter, als würde sie einen Bogen um das Haus herum machen wollen.

»Sollen wir nicht doch lieber die Polizei rufen?«

»Ach, bis die hier ist.«

Meine Mutter ließ den Blick nicht von der Stelle, an der der Mann verschwunden war. Die Fenster des Hauses waren voll mit staubigen Regenflecken. Sie ließen die Vorhänge dahinter ganz grau aussehen, obwohl sie, da war ich mir sicher, eigentlich weiß sein mussten. Blumenstickereien zogen sich in einer Bordüre die untere Hälfte der Vorhänge entlang, darüber war ein in Blau gesticktes Herz. Er hatte bestimmt mal eine Frau gehabt, die ihn verlassen hatte, weil er war, wie er war, und jetzt hatte er nur noch diesen Hund und die paar Hühner, die in ihrem Gehege herumscharrten.

Ich fragte mich, was ich tun könnte, wenn er meine Mutter tatsächlich erschießen würde. Versuchen den Trabi zu starten und irgendwo hinfahren, um Hilfe zu holen? Zu einem der Häuser laufen und hoffen, dass mich jemand reinließe, bevor er auch mich abknallte?

Doch da sah ich den Hund schon auf meine Mutter zulaufen, so leicht, als würde er schweben. Die Grashalme schienen unter seinem Gewicht nicht nachzugeben. Ein paar Meter vor ihr blieb er stehen. Das schwarze Fell sah räudig aus, an manchen Stellen dick und buschig, an anderen wie ausgerissen, mit verschorften Wunden. Er war so abgemagert, die Rippen waren an den kahlen Flächen zu sehen. Er fletschte die Zähne und knurrte leise.

»Ja, mein Kleiner, ja, mein Kleiner, ist ja gut, ich tue dir nichts«, sagte meine Mutter mit ihrer hohen Hundestimme. »Ja, mein Kleiner.«

Sie blieb, wo sie war, und streckte dem Hund eine Bockwurst entgegen. Von dem Mann sah ich nichts mehr. Glaubte er wirklich, der Hund würde auf meine Mutter losgehen?

Wind kam auf und blies mir Staub von dem angrenzenden Feld ins Gesicht. Der Hund reckte die Schnauze in die Luft und schnupperte.

»Na komm, mein Kleiner.«

Er senkte den Kopf und sah meine Mutter von unten herauf an, machte ein paar vorsichtige Schritte nach vorn, schnupperte ihr entgegen, als würde er eine Fährte wittern, und ging dann langsam mit gesenktem Kopf auf sie zu, roch an der Wurst, schnappte sie sich, trabte ein paar Meter zurück und fraß in sicherer Entfernung.

»Da muss noch ein Halsband im Kofferraum sein«, sagte meine Mutter, ohne den Blick von dem Hund zu lösen.

Ich war froh, irgendwas zu tun zu haben, trotzdem hatte ich Angst, sobald ich mich umdrehte, würde der Typ meine Mutter vielleicht doch erschießen.

Das letzte Mal, als ich bei einer Beschlagnahmung dabei gewesen war, hatten uns zwei Polizeiwagen beschützt, aber damals war es auch um fünfzehn Hunde und was weiß ich wie viele Katzen und Kaninchen gegangen. Sogar Ronja war dagewesen und hatte geholfen, all die Tiere in die Autos zu bringen.

Ich machte den Kofferraum auf, in dem ein paar Paletten Katzenfutter und ein Hundefuttersack standen. Dazwischen Leinen und ein blauviolettes Halsband, das ziemlich klebrig und haarig aussah. Ich sah zu meiner Mutter rüber. Der Hund fraß zu ihren Füßen, und sie blickte am Haus vorbei und über die Wiese, die dahinter begann. Obwohl es so kalt war, hatte sie sich die Ärmel bis zu den Ellenbogen hochgestrichen.

Als ich mit dem Halsband zurückkam, hatte sie dem Hund die Leine schon wie eine Schlinge um den Hals gelegt.

»Vielleicht geht es auch so«, sagte meine Mutter, und ich stand da und näherte mich lieber nicht. Auf keinen Fall wollte ich mit diesem Hund in einem Auto sitzen, wo Flöhe, Räude und Krätze es leicht hatten, auf mich überzuspringen, und diese Würste würde er auch sofort wieder auskotzen. Er folgte meiner Mutter bereits auf unseren Trabi zu.

»Aber der kommt in den Kofferraum«, sagte ich.

»Der arme Hund«, sagte sie, und ich wusste, damit hatte es sich erledigt.

Ich machte die Fahrertür auf und klappte die Sitzlehne nach vorne, sah noch mal zum Haus hinüber. Der Mann war nicht wieder aufgetaucht. Schnell setzte ich mich auf den Beifahrersitz, bevor der Hund, der jetzt brav ins Auto hüpfte, daraufspringen konnte. Meine Mutter warf ihm die Leine hinterher. Ich ließ das Halsband in den Fußraum fallen und wischte mir die Hand am Sitz ab.

»Mama, dieser Hund hat wasweißichwas.«

»Ja, das arme Kerlchen, aber es ist eine Hündin.«

Meine Mutter streckte sich noch mal nach hinten und kraulte sie hinter den Ohren. Die Hündin stand auf der Rückbank, steckte den Kopf zwischen unsere Sitze und blies uns ihren stinkenden Atem entgegen. Ich kurbelte das Fenster ein Stück herunter. Nach wenigen Minuten begann die Hündin hinter mir mit einem rhythmischen Würgen, gefolgt von dem schmatzenden Geräusch, das Hunde machen, wenn die halb verdaute Nahrung ihren Weg durchs Maul nach draußen findet.

»Die muss sich wahrscheinlich erst wieder an was zu fressen gewöhnen«, sagte meine Mutter.

Ich übergab mich ein paar Kilometer weiter aus dem Fenster. Meine Mutter bremste ein bisschen ab. Ich hing auf der Tür und sah, wie ein paar Haarsträhnen an meiner Kotze kleben blieben, die den hellblauen Lack herunterlief.

An dem Tag, an dem mein Vater uns gesagt hatte, dass er ausziehen würde, saß meine Mutter auf dem Boden hinter dem Haus und rupfte die Grassoden heraus. Sie hatte entdeckt, dass sich ein Natursteinweg vom Dielentor am Teich vorbei bis zur Straße hinunterzog. Dieses Kopfsteinpflaster legte sie seit Wochen frei. Jeden Abend fegte sie mit einem Strohbesen die Erde von den Steinen, und wann immer sie Zeit fand, zog sie weitere Grassoden heraus, die sich gerade bei trockenem Wetter leicht von den Steinen lösen ließen. Trotzdem war es eine mühselige Arbeit, Zentimeter um Zentimeter.

»Du kannst mir mal helfen«, sagte sie, als ich durch das Dielentor kam.

»Ich wollte gerade«, sagte ich, aber mir fiel so schnell nichts ein.

Ich hasste das Grasrausreißen. Es schmerzte an den Fingerkuppen, wenn sie gegen die Steine schlugen und Wurzeln und Erde unter die Nägel drückten. Tagelang musste ich mit dreckigen Fingern in die Schule gehen, weil sie nach dieser Arbeit einfach nicht sauber zu kriegen waren, und Herr Franke würde wieder irgendwelche Bemerkungen dazu machen.

Ich wollte allein sein, aber das war nichts, was man

seiner Mutter mit sieben Jahren sagte. Wir lebten jetzt auf dem Land, wir hatten Tiere und einen Hof, fürs Alleinsein gab es keine Zeit. Also setzte ich mich auf die erdigen Steine, einen Meter entfernt von meiner Mutter, und zog das Gras und die Unkräuter aus der Erde, Schafgarbe, Breitwegerich, dazwischen die Köttel der Ziegen, die an langen Stricken neben der Scheune grasten.

»Die Steine hier«, sagte meine Mutter, »sind dieselben Steine, mit denen die Straße und der Dorfplatz gepflastert sind, die Steine von der Burg vom Raubritter von Plön.«

Meine Mutter liebte die Geschichte vom Raubritter von Plön. Sie tat so, als wäre unser Dorf berühmt deswegen, weil es in einer alten Sage vorkam, weil dieser Raubritter hier gelebt hatte, aber außer ihr und ein paar Touristen aus dem Westen schien sich niemand dafür zu interessieren. Sie hatte uns, kurz nachdem wir ins Dorf gezogen waren, mal in den Wald gelotst, in dem die Burganlage angeblich noch zu finden war. Ich hatte alte Mauern und Türme erwartet, in denen wir hätten spielen können, die vielleicht hinter den Bäumen verborgen gewesen waren, aber alles, was wir fanden, war ein zugewachsener Graben, den meine Mutter wahnsinnig aufregend fand.

Auf dem Rückweg erzählte sie uns die Geschichte vom Raubritter von Plön, der seine Hufeisen verkehrt herum an die Hufe seiner Pferde geschlagen hatte, um es seinen Verfolgern schwerer zu machen, ihn zu finden.

»Ich ziehe zwar aus«, hatte mein Vater gesagt. »Aber ich bin immer da.« Das klang wie der Hufeisentrick des Raubritters.

Die Steine lagen immer im Schatten, hier an der Nordseite des Hofes. Sie waren kalt, und die Kälte zog durch den dünnen, schon löchrigen Stoff meiner kurzen Hose das Steißbein hinauf und meinen Rücken hoch.

Eine Ziege begann zu meckern. Es klang nach Mathilda. Erst war es nur leise, noch vom Gras erstickt, das die Ziege gerade zu kauen versuchte, dann, nach einer kleinen Pause, die mich schon hoffen ließ, sie würde wieder aufhören, begann das Meckern flehend, kehlig und fordernd, wie ein Baby, das schrie, bis es keine Luft mehr bekam.

»Gehst du mal!«, sagte meine Mutter, und ich war froh, entlassen zu sein, wenigstens kurz, und zurück in die Sonne zu dürfen. Ziegen zu enttüddeln war immer noch besser, als Steine frei zu rupfen. Ich stand auf und sah runter auf die Finger meiner Mutter, die dreckigen, zerschundenen Hände, der rechte Mittelfinger angeschwollen von einem Mückenstich, ihre langen, dünnen Beine in den türkis-grünen Leinenhosen.

Stare zogen über unsere Köpfe, schaukelten auf den Stromleitungen, die sich vom Betonmast zur Scheune zogen. Ich ging über die trockene Erde des Hofs, den Schutt vor der Scheune, den die Trecker und die Baufahrzeuge zermalmt hatten. Jetzt begann auch Doris zu meckern. Ich sah sie noch nicht, sah nur den gespannten Strick, der auf der einen Seite zwei Mal um den Pflock gewickelt war und auf der anderen Seite in den Gräsern verschwand. Die Ziegen mussten irgendwo dort sein. Manchmal wickelten sie ihren Strick um ein Grasbüschel und meckerten, wenn sie dadurch weniger Bewegungsfreiheit hatten, manchmal wickelten sie sich den Strick um eine Fessel, manchmal um einen Busch, den sie gerade abfraßen, oder sie waren durch ein kaputtes Fenster in die Scheune gesprungen und kamen nun nicht mehr zurück. Irgendjemand musste immer zu Hause sein, um das Meckern gegebenenfalls zu hören und die Ziege zu befreien, so wie ich jetzt Mathilda befreite, deren Strick sich im Brombeergebüsch verhakt hatte. Sie musste mehrere Brombeertriebe herausgezogen haben, die nun in einem Knäuel mit ihrem Strick und verschiedenen Gras- und Schierlingshalmen verhakelt waren.

»Wie hast du das denn schon wieder hingekriegt?«, sagte ich.

Mathilda stand am Rande des zerrupften Brombeergestrüpps und zog an ihrem Strick, sie ging immer ein paar winzige Ziegenschritte zurück, nur Zentimeter, um dann, mit neuem Anlauf, nach vorne zu gehen und den Strick straff zu ziehen. Sie hörte kurz auf zu meckern. Als sie mich sah, begann sie von Neuem, und es war noch unerträglicher, nun, da ich ihr so nah war.

»Mathilda«, sagte ich.

Doris stand zehn Meter weiter, fraß Brennnesselblätter.

»Stopp!«

Mathilda meckerte und meckerte. Ich versuchte den Brombeerast zwischen zwei Stacheln zu greifen, aber als sie in dem Moment wieder nach vorne ging und den Strick straff zog, ratschte mir ein Stachel über die Haut und in den Finger.

»Mathilda!«, sagte ich.

Über meine erdige Handinnenfläche und den linken Ringfinger zog sich ein blutiger Kratzer. Als ich mich umdrehte, sah ich meine Mutter nicht mehr auf den Steinen sitzen. Es war das letzte Mal, dass ich sie dort hatte Unkraut jäten sehen. Innerhalb weniger Monate waren die Steine wieder zugewachsen.

Ich machte die Ofenklappe auf. Rauch schlug mir entgegen und strömte in mein Zimmer, gab die Sicht frei auf die vor sich hin qualmenden Äste. Ich hatte sie auf einem Spaziergang mit Ronja und Kalle aus dem Wald geholt, aber sie waren viel zu feucht. Zwei Plastiktüten mit Ästen und Zweigen standen nun neben mir. Mein Plan war es, den Ofen mit den trockensten Ästen anzuheizen und die feuchteren auf dem Ofen zu verteilen, wo sie liegen konnten, bis sie trocken genug waren. Der Feueranzünder war längst erloschen. Es war das letzte Stückchen, das ich im ganzen Haus hatte finden können, es war alt und trocken. Ich hätte wissen müssen, dass es allein nicht ausreichte, um das Holz zum Brennen zu bringen. Schon gar nicht bei dem Wetter. Die tief hängenden Wolken drückten den Rauch zurück in mein Zimmer.

Ich schloss die Ofenklappe wieder, aber dichte Rauchschwaden hingen schon über meinem Schreibtisch und dem Bett. Zeitungspapier allein würde nicht reichen, eigentlich blieben nur Kerzen oder Kerzenreste, die ich über dem Holz zum Schmelzen bringen könnte. Das Wachs würde Feuer fangen und so lange brennen, bis das Holz selbst brannte. Das Problem war nur, dass Kerzen in diesem Haus ziemlich schwer zu finden waren, und ich befürchtete, meine Mutter hatte alle Wachsreste schon längst zum Anzünden des Küchenofens verwendet.

Ich ging in den Flur, bestürmt von dem Rehpinscher, der nach einem erfolglosen Vermittlungsversuch wieder bei uns war. Ich zog die Küchentür auf, gab ihm einen Tritt, damit er nicht durchflutschte, und zog die Tür wieder zu.

Ralf saß am Küchentisch, eine Zigarette in der Hand, wie immer. Der Raum voll dichtem Qualm, der in meinen Augen stach. Vor seinem Stuhl lag ein Boxer und sabberte.

»Das werde ich deiner Mutter sagen, dass du schon wieder einen Hund getreten hast.«

Ralf aschte auf das Brett vor ihm neben ein Stück Käse.

»Mach doch«, sagte ich und zog die oberste Schublade des Küchenschrankes auf, der gleich neben der Tür stand. Eigentlich wusste ich, dass da nur Aluminiumfolie und Butterbrottüten drin waren, aber ich wollte nicht sehen, wie Ralf auf dem Stuhl saß, auf dem mein Vater immer gesessen hatte, ich wollte seine tätowierten Finger nicht sehen und diese Lippen, die immer so aussahen, als wäre er kurz davor, die Zähne zu fletschen.

»Nich so frech, mein Fräulein.«

»Halt die Klappe«, sagte ich, viel zu leise.

»Das hab ich gehört.«

Ich wühlte zwischen Backpapier und leeren Pappverpackungen, knallte die Schublade zu. Ich holte tief Luft und drehte mich um.

»Ich muss da mal hin, an den Schrank hinter dir«, sagte ich.

»Wie heißt das?«

Ich sah das Messer, das neben dem Käse auf dem Brett lag. Alles ekelte mich an Ralf. Alles.

Ich überlegte, wieder zu gehen und mich für den Rest des Winters so dick anzuziehen wie Ronja.

»Kannst du mich mal vorbeilassen.«

»Wie heißt das, du verzogene Göre?«

Er griff nach der Packung Zigaretten, klopfte sich eine raus, steckte sie sich zwischen die Lippen und klickte das Feuerzeug an. Er hätte nur ein bisschen nach vorne rücken müssen, vielleicht zehn Zentimeter, damit ich mich zwischen dem Regal und seiner Stuhllehne hätte vorbeidrängen können. So nah wollte ich ihm niemals kommen. Allein die körperliche Nähe, die ich zu ihm haben würde, war schon eine Erniedrigung. Ich wollte die Luft nicht einatmen, die Partikel in sich trug, die schon in seiner Lunge gewesen waren.

»Bitte!«, sagte ich und nahm mir vor, ihn dafür umzubringen.

Er zog genüsslich an seiner Zigarette. Das verbrennende Papier knisterte. Ralf schob die Asche mit dem Feuerzeug zu einem Häufchen zusammen, pustete den Rauch aus.

»Na geht doch«, sagte er, lehnte sich zurück, und ich

dachte schon, er würde nie aufstehen. Er nahm noch einen Zug, beugte sich runter und strich dem Boxer über den Kopf.

»Ich wollte sowieso gerade raus«, sagte er, ohne mich anzusehen, und »Ja, mein Guter« zu dem Hund, dann erhob er sich, wahnsinnig langsam, und ging zur Küchentür, die auf die Weide hinausführte, auf der die Wildschweine liefen.

»Ja, meine Lieben«, sagte er. »Meine Guten.« Durch das Fenster sah ich, wie die Zigarette zwischen seinen Lippen schaukelte, während er die beiden hinter den Ohren und am Hals kraulte. Die Wildschweine grunzten und drückten ihre Köpfe gegen seine Oberschenkel.

Ich schob den Stuhl vor, auf dem Ralf gesessen hatte, und rammte die Beine so doll ich konnte gegen den Boxer, der winselnd aufsprang und sich an den Ofen verzog.

In der Schublade des schwarzen Schranks befand sich ein alter Besteckkasten, der nun mit anderen Dingen befüllt war, Reißzwecken, Wäscheklammern, Nähnadeln, ausgelaufene Batterien, verrostete Karabiner, Sachen, die hier seit Jahren niemand mehr brauchte. Kerzen waren natürlich nicht darunter. Ich zog die Schublade so weit raus, dass ich sie festhalten musste, damit sie nicht runterkrachte. Dahinter waren nur Reste von Seilen, uralte Kugelschreiber und ein paar Disketten, die noch von meinem Vater sein mussten. Ich suchte noch mal alles durch, schob die Kugelschreiber zur Seite, spürte meine Finger klebriger und klebriger werden. Ich wollte die Schublade zumachen, aber sie klemmte mal an der einen, mal an der anderen Seite, und ich rüttelte und schob, bis sie endlich wieder im Schrank verschwunden war.

Dann überlegte ich, ob es nicht noch einen anderen Raum gab, in dem ich Kerzen finden könnte. Im alten Wohnzimmer. Da war ich schon ewig nicht mehr gewesen. Ich war mir nicht mal sicher, ob meine Mutter dort auch einen Hund untergebracht hatte. Ich nahm das Stück Käse, das sowieso voller Asche war, zwischen zwei Finger und ging zurück in den Flur. Der Rehpinscher war sofort neben mir, schnüffelte an meinen Beinen und versuchte, sich den Käse zu schnappen, den ich schnell nach oben hielt.

»Nein«, sagte ich und drehte ihm den Rücken zu, aber er wich nicht von meiner Seite und begann an mir hochzuspringen. Auf dem Boden war eine riesige Pfütze. Meine Mutter hatte erwähnt, dass der Hund Diabetes hatte und ständig nur trank und pinkelte, und ich versuchte, nicht hineinzutreten. Der Rehpinscher hatte seinen Urin allerdings mit den Pfoten schon überall auf dem Steinboden verteilt.

Das Wohnzimmer war genau gegenüber der Küche. Früher hatten wir dort Weihnachten gefeiert. Die Klinke zeigte nach oben, um die Hunde vom Öffnen der Tür abzuhalten. Ich wäre lieber vorsichtig und langsam in das Zimmer gegangen, hätte gern erst einen Spalt aufgemacht, um zu sehen, ob und wenn ja, welcher Hund in dem Zimmer war, aber das war zu gefährlich, weil ich nicht wusste, ob der Rehpinscher sich mit dem Hund verstünde. Also drückte ich den Pinscher mit meinem Fuß zur Seite, hoffte, er würde nicht nach mir schnappen, und schob mich durch den Türspalt.

Der Geruch nach Katzenpisse war so intensiv, für einen Moment hörte ich auf zu atmen. Etwas Metallenes knallte auf den Boden, und ich sah eine getigerte Katze, die sich oben auf dem Bücherregal in der gegenüberliegenden Ecke hinter einer silbernen Vase versteckte und mich anfauchte. Die Katze war noch nicht alt, hatte einen rasierten Bauch, der leicht blau gefärbt war. Auch vom Ofen kam jetzt ein Fauchen, dort standen zwei Katzen, die fast genauso aussahen wie die auf dem Bücherregal, schmächtig, getigert. Schwalbennester klebten über dem Kronleuchter an der Kabelabdeckung. Sie waren noch von dem Sommer, in dem meine Mutter die Fenster aufgelassen hatte, um den Vögeln mehr Brutplätze zu bieten.

Das tannengrüne Sofa, das wir aus dem Haus meiner Großeltern mitgenommen hatten, war voller Katzenhaare. Auf dem Boden lag eine alte Militärdecke, auf der sich dunkle Flecken abzeichneten. Die Katzen fauchten. Ich konnte mich nicht bewegen. Die alte Kommode, in der meine Mutter früher immer unsere Fotos und die Alben aufbewahrt hatte, war vollkommen zerkratzt. Auf den Büchern lag eine dicke Schicht aus Asche und Staub. Vom Ruß geschwärzte Spinnwebenfäden hingen an der

Decke. Der Holzfußboden war übersät mit Papierschnipseln und Katzenfutter. Ich verspürte einen großen Drang, die Fenster zu öffnen. Ich überlegte sogar, es wirklich zu tun, und stellte mir vor, wie die Katzen hinaussprangen vor Panik. Sie waren wild. Natürlich wollten sie raus, aber ich wusste nicht, ob sie die fünfzig Meter bis zum Ende unseres Hofes überleben würden. Auf der Ostweide liefen zwei Rottweiler. Ich warf das Stück Käse in einen leeren Futternapf, versuchte, nicht in Nassfutterbrocken zu treten, und zog die oberste Schublade der Kommode auf. Sie war voll mit Papieren, Kinderzeichnungen, unseren Grundschulzeugnissen und vergilbten Fotos. Ich sah Helge und Ronja im Rapsfeld stehen, gelbe Blüten überall, meine Mutter, jung, mit langen Zöpfen vor einem Holzhaus, wahrscheinlich in Schweden. *Madeleine ist immer freundlich und aufgeschlossen, könnte aber mehr Beteiligung im Unterricht zeigen*, stand unter meinem Zeugnis aus der dritten Klasse. Ich knallte die Schublade zu.

In der zweiten waren Ordner mit Unterlagen, Stromrechnungen, Schreiben von Versicherungen, alte Adressbücher und Taschenkalender meiner Mutter. Ich nahm einen Kalender heraus. Ronjas Geburtsjahr. Ich wusste, dass meine Mutter sich immer tagebuchartige Notizen gemacht hatte. Ich blätterte mich durch den Oktober. Am Siebten stand nur *Madeleine jetzt auch Masern, Temp 39,2; Helge besser 37,7.*

Meine Mutter hatte eine gut lesbare Handschrift, die mich ein bisschen an meine eigene erinnerte. Sie schrieb in unterschiedlichen Farben, mal mit grüner Tinte, dann wieder mit blauem oder rotem Kugelschreiber. Die Tinte war deutlich blasser. Ich sah meine Mutter an dem Schreibtisch sitzen, an dem auch die Hebamme gesessen hatte. Sie war müde von den Tagen mit kranken Kindern, trotzdem wollte sie sich die Zeit nehmen, die wichtigsten Ereignisse zu notieren. Wir Kinder schliefen in dem großen Bett im Schlafzimmer. Baldur, der es nicht mehr die Treppen hoch schaffte, tappte unten im Flur auf und ab. Er musste raus, das hörte sie an seinen Schritten sogar hier oben im ersten Stock. Warum hörte es unser Vater nicht, obwohl sein Arbeitszimmer an den Flur grenzte? Wie schaffte er es immer wieder, alles um sich herum auszublenden? Während sie wach wurde, sobald eins der Kinder auch nur das kleinste Geräusch von sich gab, schlief er weiter, bis sie an ihm rüttelte und seinen Namen rief. Sowieso musste sie ihm alles sagen, dass Lasse gewickelt werden musste, dass der Abwasch noch nicht erledigt war. Das Einzige, das er nie vergaß, waren seine Kakteen. *Lasse gut getrunken*, schrieb sie, dann klappte sie das Notizbuch zu, warf noch einen Blick auf die schlafenden Kinder und ging die Treppe hinunter.

Ich nahm alle Kalender heraus. Acht Stück waren es, von 1983 bis 1990. Nie hatte ich meine Mutter Tagebuch schreiben sehen.

Die Griffe der untersten Schublade waren verrostet und klebrig. So nah am Boden stank es noch stärker nach Katzenpisse. Die Schublade ging kaum auf, und ich rüttelte und rüttelte, hielt inne, lauschte, zog wieder. Hinter mir hörte ich erneut irgendetwas runterfallen, aber ich drehte mich nicht mehr um.

Als die Schublade schließlich nachgab, fiel ich nach hinten, konnte mich aber gerade noch mit einer Hand am Sofa abstützen. Eine Katze sprang wieder auf das Bücherregal. Es schwankte. Zwei Bände von *Meyers Konversationslexikon* krachten auf den Boden. Ich drückte mich wieder in die Hocke.

Die letzte Schublade war voll mit Weihnachtsbaumschmuck aus Holz. Strohsterne, Tannenzapfen, die Flügel einer Weihnachtspyramide, alles verknotet mit einer Girlande aus goldfarbenen Sternen. Unter altem Geschenkpapier fand ich drei Stummel roter Pyramidenkerzen. Sie waren jeweils vielleicht noch anderthalb Zentimeter hoch, das war besser als nichts. Ich musste raus aus diesem stinkenden Zimmer. Das Geschenkpapier nahm ich auch gleich mit.

Der Flur war leer, der Rehpinscher nicht mehr da, eine neue Urinpfütze hatte sich mit der alten verbunden, und es sah nun so aus, als würde der halbe Flur unter Wasser stehen. Ich ging so gut es ging drum herum und war wieder in meinem Zimmer. Rauchschwaden hingen immer noch unter der Decke, und eine feine Ascheschicht hatte sich auf die Möbel gelegt und auf die Klamotten, die über meiner Stuhllehne hingen. Ich zog mir die Hausschuhe aus, ließ die Taschenkalender aus meinen Armen aufs Bett fallen und öffnete den Ofen.

Vorsichtig schob ich das angekohlte Holz auseinander, zerknüllte das Geschenkpapier und legte es auf die Reste des Feueranzünders. Die drei Äste stellte ich in einer Pyramide darüber, auf deren Spitze ich die Kerzenstummel legte. Die mit dem längsten Docht behielt ich in der Hand, zündete sie mit dem Feuerzeug an und hielt die Flamme an das Geschenkpapier, bis auch das brannte. Die Kerze legte ich zu den anderen auf das Holz. Ich sah den Flammen zu, wartete noch, bis ich sicher war, dass das Papier nicht wieder ausgehen würde. Ich versuchte mir meine Mutter als Studentin vorzustellen. Auf den Fotos, die ich von ihr kannte aus der Zeit, sah sie wunderschön aus. Ein paar Mal hatte sie als Fotomodell gearbeitet. Abzüge der Werbeanzeigen hatte ich mal im Haus meiner Großeltern gesehen. Ich schloss die Ofenklappe und lauschte. Das Feuer wummerte, aber als ich ein paar Schritte zurücktrat, sah ich, wie der Rauch aus den offenen Kacheln des Ofens wieder herausströmte.

Ich machte das Fenster über meinem Schreibtisch auf, schüttelte die schwarze Hose aus, die über meinem Stuhl gelegen hatte und die ich eigentlich am nächsten Tag in die Schule anziehen wollte. Der Staub wirbelte durch die Luft. Ich roch an dem Stoff, doch alles, so schien es mir, roch nach Rauch. Ich zog ein Taschentuch aus der Packung auf meinem Schreibtisch und schnaubte schwarzen Schnodder in das weiße Papier. Doch der Geruch ging nicht weg.

Ich kroch unter die Bettdecke und blätterte durch

die Kalender. Aus dem Riss über meinem Bett kam ein kühler Luftzug.

In den Wochen nach meiner Geburt gab es ein paar Einträge. Die Zahlen, das musste mein Gewicht sein, meine Körpertemperatur. Im April hatte meine Mutter eine Fieberkurve eingezeichnet. Sie hatte mir mal erzählt, dass sie sich vorgenommen hatte, alles aufzuschreiben von uns, doch schon bald zu nichts mehr gekommen war. Zuerst hatte sie das Amt bei den Grünen aufgegeben, dann ihr Politikstudium. Anna half ihr, so gut sie konnte, doch sie war frisch verliebt und musste fürs Abitur lernen. Ein Au-pair-Mädchen zu finden war nicht leicht. Schon kurz vor Lasses Geburt hatte meine Mutter der Zentralstelle für Arbeitsvermittlung geschrieben. Diese gab ihr die wenig Hoffnung machende Antwort, dass es zurzeit nicht möglich sei, ihnen ein Au-pair vorzuschlagen, da es zu wenig Bewerberinnen gab.

Doch nun hatte sie endlich ein paar Bewerbungsunterlagen bekommen. Wenn es gut lief, sie in ein paar Monaten ein Au-pair bei sich hätten, könnte sie vielleicht ihr Fernstudium wieder aufnehmen, Pullover für die Kinder stricken und die Fotoalben weiterführen. *Lasse zieht sich hoch*, hatte meine Mutter am 29. Januar 1988 geschrieben, *Helge und Madeleine Keuchhusten* am 13. Februar.

Kurz nachdem mein Vater ausgezogen war, hatte meine Mutter wieder angefangen zu rauchen. Wieder, weil sie auch früher schon mal eine Zeit lang geraucht hatte, als Anna noch klein gewesen war.

Anfangs war sie noch rausgegangen und hatte versucht, es vor uns zu verbergen. Ich war eines Abends hinten aus dem Dielentor gelaufen, um nachzusehen, ob ich meinen Turnbeutel im Auto vergessen hatte, und da saß sie auf diesem Stein neben dem Misthaufen, während die Hühner vor ihren Füßen scharrten, und ich bemerkte die Zigarette zwischen ihren Fingern erst gar nicht, blieb nur stehen, weil es so ein außergewöhnlicher Anblick war. Sie in aller Stille dort draußen herumsitzen zu sehen, das kam einfach nie vor. Sie war der Auffassung, dass es immer mehr als genug zu tun gab, und wenn sie uns beim Herumsitzen ertappte, scheuchte sie uns sofort hinaus in die Diele zum Fegen oder auf den Hof, um nach den Ziegen zu sehen, den Hühnerstall auszumisten, die Mülltonnen an die Straße zu bringen oder Kartoffelkäfer von den Kartoffelpflanzen zu sammeln.

Doch jetzt saß sie da und sah mich an, weil sie das Knarren des Dielentors gehört hatte und meine Schritte auf dem Kopfsteinpflaster. Die blonden Strähnen hingen wild aus ihrem Zopf, und jetzt sah ich auch die Zigarette in der einen und eine Packung f6 in der anderen Hand, die ruhig auf ihrem Knie lag.

»Ja«, sagte sie. »Das brauchte ich jetzt mal.«

»Aber das ist doch total ungesund«, sagte ich. »Hast du doch immer gesagt.«

»Ich weiß«, sagte meine Mutter. »Ich hör ja auch wieder auf.«

Ich ging weiter zum Trabi. Immer wieder hatten unsere Eltern abfällig über andere Eltern gesprochen, die rauchten, die ihre Kinder vollrauchten, die im Haus rauchten, oder Frauen, die rauchten, obwohl sie schwanger waren, und Männer, die rauchten, obwohl ihre schwangeren Frauen in der Nähe waren, und jetzt saß meine Mutter dort bei den Hühnern, hinter ihr der leuchtend blühende Raps.

Mein Turnbeutel war unter den Beifahrersitz gerutscht. Ich zog ihn heraus und nutzte den Schutz der Glasscheibe, um noch mal rüber zu meiner Mutter zu sehen. Rauchen konnte doch Krebs verursachen. So oft hatte sie mir von dem Moment erzählt, als sie damals aufgehört hatte. Es war, als sie während ihrer Ausbildung das erste Mal eine Raucherlunge gesehen hatte. »Schwarz«, sagte sie, als sie uns davon erzählte. »Schwarz. Und danach habe ich nie wieder eine Zigarette angefasst.«

Bis jetzt.

»Ich mach euch gleich Essen«, sagte meine Mutter, als ich wieder an ihr vorbeiging.

»Okay«, sagte ich und beeilte mich, zurück ins Haus zu kommen, damit ich Helge davon erzählen konnte, bevor sie wieder drinnen war.

Draußen tobte ein Herbststurm, und es war schon dunkel, als meine Mutter nach Hause kam. Ich war in der Freistunde zu Edeka gegangen und hatte mir ein Thermometer geklaut. Ein billiges Glasthermometer, das ich mir gut in den Ärmel schieben konnte, während der kleine Laden voll war mit meinen herumpöbelnden Mitschülern.

Zu Hause hatte ich das Thermometer auf meinen eiskalten Ofen gelegt, und nun am Abend, als ich schon drei Stunden mit einer Wärmflasche an den Füßen in meinen Wintermantel gehüllt am Schreibtisch gesessen hatte, nahm ich es vorsichtig vom Ofen und ging damit in die Küche, in der meine Mutter die sie fiepend begrüßenden Hunde beruhigte.

»Hier«, sagte ich und streckte ihr das Thermometer entgegen. »Es sind nur elf Grad in meinem Zimmer.«

Meine Mutter warf einen kurzen Blick auf das Thermometer in meiner Hand und streichelte weiter die Hunde.

»Was soll ich mit dieser Information anfangen?«, sagte sie. »Ja, ist ja gut.«

»Na ja, es ist einfach zu kalt«, sagte ich. »Und wir brauchen Kohlen.«

»Elf Grad, das geht doch noch«, sagte sie zu mir. Und »Ja, meine Kleinen« zu den Hunden.

»Mir ist aber die ganze Zeit kalt.«

»Das ist auch kein Wunder, wenn du dich nicht bewegst. Du könntest mal abwaschen, und guck mal, wie es hier aussieht. Ich hab den ganzen Tag gearbeitet, und wenn ich nach Hause komme, muss ich auch noch sauber machen, und du beschwerst dich, weil dir vom Rumsitzen zu kalt ist?«

»Aber ich muss doch auch Hausaufgaben machen.«

Das Licht flackerte, blieb aber an. Ich hörte den Wind im Schornstein pfeifen, und die Wildschweine, die die Stimme meiner Mutter gehört hatten, grunzten vor der Tür.

»Ja, jetzt kriegt ihr erst mal was!«, sagte sie.

Das Fiepen wurde weniger, und die Hunde ließen meine Mutter ihren Korb abstellen, in dem die Dosen mit dem Katzenfutter lagen.

»Ja, meine Kleinen, ihr braucht doch erst eure Tabletten«, sagte sie, »habt ihr wenigstens die Wildschweine gefüttert?«

»Ich glaub, Ronja hat das gemacht.«

Ich sah runter auf das Thermometer mit dem blauen Quecksilberstrich, der kurz über der Zehn endete, und stellte mir vor, wie ich jetzt hier in der Küche einfach die Spitze abbeißen würde. Die giftige Flüssigkeit würde sich auf meiner Zunge ausbreiten, die Scherben würden zwischen meinen Zähnen knirschen und in meine Zunge schneiden, und meine Mutter würde mich irgendwann mit dem blutigen Mund dort stehen sehen, aber dann wäre es schon zu spät. Ich wusste nicht, wie lange Quecksilber brauchte, um zu wirken, oder ob es überhaupt giftig genug war.

Meine Mutter stand am Küchentisch und verteilte Medikamente auf Leberwurststücke, die sie in ihren Händen zu Kugeln formte, in denen die Tabletten vollständig verschwanden. Dabei murmelte sie Hundenamen und Gewichtsangaben vor sich hin.

»Mausi – vier Kilo. Wie viel hatte ich noch mal bei Rex gesagt?«

»Keine Ahnung«, sagte ich und ließ das Thermometer sinken.

Der Wind rauschte durch die fast kahlen Linden, das Haus schien zu dröhnen.

Ronja kam mit einem Apfel in der Hand aus der Speisekammer. Sie hatte die Handschuhe an, bei denen sie sich die Hälfte der Finger abgeschnitten hatte. Ihr Hausaufgaben-Outfit. Das Licht flackerte wieder.

»Wie viel, hatten wir noch mal gesagt, wiegt Chico?«, fragte meine Mutter. In dem Moment ging das Licht ganz aus.

»Ich liebe Stromausfall«, sagte Ronja und kaute vor sich hin.

»Hol mir mal ’ne Taschenlampe«, sagte meine Mutter.

»Das geht bestimmt gleich wieder an«, sagte ich.

Ich konnte mich überall im Haus auch bei völliger

Dunkelheit orientieren, zog die Schublade vom Küchentisch auf und holte eine kleine Taschenlampe raus, knipste sie an, aber das Licht, das hinter der winzigen runden Plastikscheibe erschien, war so schwach, dass es eigentlich nirgendwo hin leuchtete.

»Die Straßenlaternen sind auch aus«, sagte Ronja.

»Leuchte mal hier rüber!«, sagte meine Mutter, und ich hielt die Taschenlampe so, dass sie das Lichtchen sehen konnte.

»Sind da keine Batterien mehr? Ich ruf mal drüben an.«

Während ich in der Schublade nach Batterien tastete, hörte ich, wie meine Mutter den Telefonhörer abnahm.

»Drüben« war der nächste Hof, der etwa einhundert Meter von unserem entfernt lag. Karl-Heinz war der Bürgermeister. Er schob uns im Winter die Straßen frei, wenn wir eingeschneit waren, und hatte meine Mutter schon das eine oder andere Mal aus dem Schnee gezogen, wenn sie sich mit ihrem Trabi festgefahren hatte.

»Ja, ich bin's«, sagte meine Mutter »Habt ihr Strom?«

Ich hatte eine klebrige Batterie gefunden und schob und drehte an der Taschenlampe herum.

»Ich hab keine Ahnung, wie das aufgeht«, sagte ich. »Haben wir nicht noch Kerzen?«

»Lass mich mal«, sagte Ronja und nahm mir die Taschenlampe aus der Hand.

»Ja, ja, na gut«, sagte meine Mutter. »Dann gucken wir mal. Mach's gut.«

Sie legte auf. »Er will losfahren und gucken, wo was auf die Leitung gefallen ist, aber Carola hat Angst und will ihn nicht weglassen.«

»Hast du ihn nach Kerzen gefragt?«, sagte ich, obwohl ich genau gehört hatte, dass sie es nicht getan hatte.

»Im Flur stehen doch noch zwei Petroleumlampen«, sagte sie stattdessen.

»Ich glaub nicht, dass da noch was drin ist.«

»Sei doch nicht immer so negativ«, sagte Ronja.

Ich ging hinaus in den Flur. Nur weil ich genau wusste, wo sie stand, fand ich die kleine blaue Petroleumlampe, die Helge mal zu Weihnachten bekommen hatte. Ich schüttelte sie, und tatsächlich schwappte ein bisschen Flüssigkeit darin hin und her.

»Mir ist irgendwas runtergefallen«, hörte ich Ronja sagen, als ich den Rehpinscher zur Seite trat und wieder durch die Tür in die Küche schlüpfte.

»Ich glaub, hier sind Scherben«, sagte sie.

»Dann lass die Hunde nicht reintreten«, sagte meine Mutter mit einem Anflug von Panik in der Stimme.

»Wie soll ich das denn machen?«, fragte Ronja.

»Ich brauche Streichhölzer«, sagte ich.

Die Stimmen, Geräusche und das matte Licht der Taschenlampe, die auf dem Tisch lag, gaben mir Orientierung im Raum.

»Snoopy, ja, kommt mal her. Ich hab Leckerlis«, sagte meine Mutter in ihrer hohen Hundestimme, ein Stuhl knarrte, ein Fiepen.

»Hier«, sagte meine Mutter, und ich tastete nach ihrer Hand in der Dunkelheit, bis ich das glatte Feuerzeug zwischen ihren Fingern fühlte. Mit der anderen Hand musste sie die Hunde füttern. Ich hörte es schmatzen und knurren unter dem Tisch.

Ich ging zum Ofen, stellte die Petroleumlampe ab, drückte das Glas hoch, schnipste das Feuerzeug an und versuchte mit dem schwachen Flämmchen den Docht zu erreichen.

»Als Erstes leuchtest du mal da hin zu den Scherben«, sagte meine Mutter. »Und dann macht ihr die weg.«

»Ja, klar«, sagte ich, aber im Licht der Feuerzeugflamme sah ich nur einen verbrannten Rest des Dochtes zwischen den beiden Metalllippen. Als ich das heißer werdende Rädchen des Feuerzeugs an meinem Daumen nicht mehr aushielt, ließ ich los.

»Schaffst du das bald mal«, sagte meine Mutter.

»Ja, gleich.«

Ich tastete nach dem Rädchen, mit dem man den Docht hoch- und runterdrehen konnte, und hoffte, ich drehte in die richtige Richtung, ließ das Feuerzeug noch mal aufflackern, nur um zu sehen, dass der Docht jetzt ganz verschwunden war.

»Soll ich das machen?«, sagte meine Mutter genervt.

»Ich hab's gleich«, sagte ich.

Ich wusste gar nicht mehr, in welche Richtung ich gedreht hatte. Ich schnipste das Feuerzeug an. Kein Docht. Was, wenn er völlig verschwunden und in das Petroleum gefallen war? Ich drehte vorsichtig nach rechts. Im Schein des flackernden Flämmchens kam der Docht langsam wieder zum Vorschein, und unter der verbrannten Spitze war der Stoff sogar noch ganz cremeweiß. Er fing sofort Feuer, und ich ließ das Feuerzeug los. Die Haut an meiner Daumenkuppe brannte.

»Na endlich«, sagte meine Mutter. »Jetzt macht ihr erst mal die Scherben weg.«

Sie stand von den Hunden umringt in der Mitte der Küche. Es war immer noch ziemlich dunkel, aber man konnte Farben sehen und grob erkennen, wo was war. Ich nahm die Lampe und ging zu Ronja, die an dem hohen Tisch neben der Spüle stand. Ich sah keine Scherben, musste mich erst bücken und die Lampe auf dem Boden abstellen. Das Licht wurde heller und heller, je weiter sich die Flamme in den Docht fraß. Jetzt beleuchtete sie schon schwach den ganzen Raum.

Die Metallspitze war noch ganz, der Papierstreifen mit den Temperaturangaben lag leicht gewellt auf dem Boden, von dem Quecksilber sah ich nichts.

»War nur mein Thermometer«, sagte ich, aber etwas in mir sträubte sich, Handfeger und Schaufel zu holen und diese kostbaren Überreste einfach wegzufegen. Ich drückte meinen Zeigefinger auf ein paar winzige Splitter, die im Schein der Petroleumlampe glitzerten. Als ich mir den Finger danach über die Unterlippe gleiten ließ, spürte ich einen feinen Glassplitter, den ich mir von der Zunge leckte und herunterschluckte.

Am Morgen nach dem Sturm stand Ronja in meiner Zimmertür, zumindest kam ihre Stimme von dort, sehen konnte ich sie nicht. Ich hatte sie am Abend zuvor gebeten, mich zu wecken, da sie noch einen alten Wecker mit Batterien benutzte.

»Müssen wir überhaupt in die Schule?«, sagte ich und zog mir die Decke hoch bis unters Kinn. Meine Nasenspitze fühlte sich eiskalt an.

»Es wird ja nicht überall Stromausfall sein«, sagte Ronja. »Es ist schon fünf nach sechs.«

»Wie soll ich ordentliche Klamotten anziehen und mich schminken im Dunkeln?«

»Sei nicht so oberflächlich. Ich schreib heute Englisch«, sagte Ronja. »Und ich will nicht umsonst gelernt haben. Beeil dich lieber.«

Ich streckte meine Hand nach dem Kabel der Nachttischlampe aus, tastete mich hoch bis zum Schalter und knipste ihn hin und her. Ich war mir sicher, der Strom würde jeden Augenblick zurückkommen, aber nichts passierte. Draußen war es nicht mehr stockdunkel, aber die Dämmerung hatte gerade erst begonnen. Meine Zimmertür fiel ins Schloss.

»Aber ihr seht daran, es ist nie gut, sich auf all den Luxus zu verlassen«, sagte meine Mutter, als ich in die Küche kam.

Ronja und sie saßen am Tisch, zwischen ihnen die Petroleumlampe, in deren Schein ich ihre Tassen sehen konnte, und die Hunde, die irgendwas unter dem Tisch knabberten und sich anknurrten.

Ich ging in die Speisekammer, um mir Milch aus dem Kühlschrank zu holen. Meine Schritte schmatzten. Ich lief durch eine Flüssigkeit und dachte schon, ich watete durch eine Pfütze aus Hundeurin, bis ich vor dem Kühlschrank auf die durchgeweichten Handtücher trat. Es roch säuerlich, ich tastete nach der feuchten Milchpackung in der Tür.

»Ich will gar nicht wissen, was noch alles im Gefrierfach ist«, sagte ich, als ich zurück in die Küche kam und mir das Müsli aus dem Schrank holte.

»Eigentlich bräuchten wir doch jetzt im Winter gar keinen Kühlschrank«, sagte meine Mutter. »Oder wir stellen den Kühlschrank raus in den Stall, dann bleibt alles auch ohne Strom kalt, und die Ratten kommen nicht ran.«

Auf dem Weg zum Dorfplatz mussten wir über einen riesigen Ast steigen, der von einer der Weiden abgebrochen war, die am Straßenrand standen.

»Und wenn unser Strom doch ausgeschaltet wurde, weil Mama die Rechnungen nicht bezahlt hat?«, sagte Ronja.

»Dann wären die Laternen doch an.«

»Trotzdem glaube ich, sie will den Kühlschrank nur in den Stall stellen, damit wir Geld sparen. Oder für die Umwelt.«

Wir waren die Einzigen an der Bushaltestelle, die Einzigen auf dem ganzen Dorfplatz, dabei sollte der Bus in zwei Minuten kommen.

Der helle Streifen am Horizont wurde langsam breiter, und im Dämmerlicht waren die Blätter und Zweige zu sehen, die auf der Straße lagen. Ronja hatte sich die Haare zu einem unordentlichen Pferdeschwanz nach oben gebunden. Ihre Augen sahen müde und verquollen aus. Sie hatte noch keinen einzigen Pickel, und ich fand sie wunderschön. Der Wind war noch da, aber es war kein Sturm mehr, und ich zog den Hals ein, bis der Jackenkragen an meine Nase stieß. Die Melkmaschinen pumpten auf dem Milchviehbetrieb, und die Ärztin fuhr mit ihrem kleinen roten Auto aus der Garage ihres Hauses.

»Also vielleicht kommt der Bus nicht durch, weil irgendwas auf der Straße liegt«, sagte Ronja.

»Und wo sind dann die andern? Ich glaube, es ist offiziell schulfrei, nur wir haben es nicht mitgekriegt.«

»Ich will aber meine Englischarbeit schreiben.«

Wir warteten noch eine Viertelstunde, dann gingen wir langsam zurück auf unseren Hof zu, drehten uns dabei immer wieder um. »Und wenn der Bus jetzt kommt?«, fragte Ronja und blieb wieder stehen und sah zurück. »Ich hab so viel gelernt. Alles umsonst.«

»Lernen ist doch nie umsonst«, sagte ich und wusste, dass ich wie meine Mutter klang.

»Guck mal«, sagte Ronja. »Der Apfelbaum.«

Sie war stehen geblieben und sah auf die Weide, auf der die Wildschweine lebten. Dort lag der alte Apfelbaum entwurzelt im Matsch. Als wir das Haus verlassen hatten, war es noch zu dunkel gewesen, um etwas zu sehen, aber nun zeichnete sich der hohle Stamm im ersten Tageslicht vor dem ebenso schlammbraunen Hintergrund ab. Der Apfelbaum war schon vor Jahren gestorben. Erst hatten die Ziegen die Rinde ringsherum abgefressen, dann hatten die Wildschweine die Wurzeln freigelegt. Hohl war der Stamm schon lange gewesen. Trotzdem erfasste mich Traurigkeit über den Verlust dieses Baumes.

Als wir in die Küche kamen, saß unsere Mutter am Tisch und rauchte.

»Der Bus ist nicht gekommen«, sagte Ronja. »Dabei habe ich so viel gelernt.«

»Na das ist doch super«, sagte meine Mutter. »Dann könnt ihr gleich mal auf den Heuboden gehen und gucken, ob Ziegel fehlen oder nur welche verrückt sind. In der Diele tropft es.«

Es regnete wieder, und als wir uns umgezogen hatten und in die Diele kamen, sahen wir die Pfützen. Es kam jedes Jahr vor, dass die Ziegel verrutschten oder herabfielen und auf dem Hof zerschellten und der Regen dann durch das Heu auf dem Heuboden sickerte und durch die uralten Holzbohlen bis auf den Betonboden der Diele tropfte und dort Wasserlachen hinterließ, die nur langsam wegtrockneten.

Ich stieg hinter Ronja die Leiter hoch.

»Ich wollte die Mäuse eh mal wieder besuchen«, sagte sie. »Ich hoffe, die Eulen haben sie noch nicht alle aufgefressen.«

Auf dem Heuboden war es ungewohnt zugig und heller als sonst, trotz der Dämmerung und der Regenwolken. Die Löcher sah ich sofort. Zwei auf der Westseite, eines auf der Ostseite. Der graue Himmel zwischen den Ziegeln. Ich stapfte durch das Heu auf die Stelle zu, die unter dem mir am nächsten liegenden Loch lag.

»Mäusis«, rief Ronja in hoher, säuselnder Stimme.

Sie war in die andere Richtung gegangen, dorthin, wo es noch dunkler war. Der Lichtkegel ihrer nur noch schwach leuchtenden Taschenlampe huschte vor ihr über das Heu.

Ich blinzelte, als mir die Regentropfen durch das Loch im Dach in die Augen fielen. Wie viele Ziegel fehlten? Vier, vielleicht fünf? Es war schwer zu sagen. Ein Ziegel lag noch verrutscht da und sah aus, als könnte er jeden Moment auf mich herabstürzen. Ich trat einen Schritt zurück.

»Ich glaube, ich hab gerade eine weghuschen sehen«, rief Ronja. »Und hier ist auch ein Loch im Heu. Wahrscheinlich fühlen sie sich hier richtig wohl.«

Ich ging zur nächsten Stelle, die relativ nah an einem Balken lag, an dem sich ein altes Kabel nach oben zog. Der Regen fiel durch das Loch auf das Heu, und auch der Balken war schon nass.

Eine Maus, auch ich hatte das Gefühl, gerade sei eine vor meinen Füßen davongehuscht. Ich entdeckte ein Löchlein zwischen Heu und Balken, in dem sie verschwunden sein musste.

Der Balken, das sah ich beim näheren Hinsehen, war völlig zernagt. Feinste Holzsplitter lagen auf dem Heu drum herum. Ich sah nach oben, als könnte ich so erkennen, ob das Dach den Balken oder der Balken immer noch das Dach hielt.

»Ich glaub, ich hab schon wieder eine gesehen«, rief Ronja. »Eine, die wir nicht ausgesetzt haben. Ich glaube, die haben sich richtig vermehrt.«

Zurück in der Küche erzählte ich meiner Mutter von den angefressenen Balken und schlug vor, sofort ein paar Katzen nach oben zu setzen, »ein paar von den Wilden aus dem Katzenzimmer«.

»Die armen Mäuse«, sagte meine Mutter nur. »Ist das nicht schön, dass sie sich da so wohlfühlen?«

Ronja stand neben uns und sagte nichts. Ich wusste, sie war auf meiner Seite, obwohl sie die Mäuse ins Herz geschlossen hatte.

»Aber das Haus«, sagte ich »Die Balken sind wirklich doll angeknabbert.«

»Was ist dir wichtiger? Das Haus oder das Leben von den Mäusen? Warum denken eigentlich immer alle Menschen, sie hätten mehr Recht, auf der Welt zu sein als die Tiere?«

Damit stand sie auf, nahm eine Hundeleine vom Haken. »Manchmal frag ich mich echt, ob ihr meine Kinder seid«, sagte sie und ging nach draußen.

Es gab diese Zeit, in der alles gut war. Meine Mutter hatte ihre Affäre aufgegeben, mein Vater besuchte uns nur noch selten, und es gab keinen Streit mehr. Meine Großeltern hatten ihr Haus im Bayerischen Wald verkauft und ihrer Tochter einen Teil von dem Erlös als vorzeitiges Erbe ausgezahlt, unter der Bedingung, dass sie von dem Geld eine Trinkwasserleitung ins Haus legen ließ. Schon im Sommer bestellte meine Mutter Holz und Kohlen für die Öfen, Heu und Rüben für die Tiere. Wir hatten guten Käse im Kühlschrank, Räucherlachs und Kräuterbutter und aßen Zwiebeln und Kartoffeln aus dem Garten. Wenn wir aus der Schule kamen, hatte meine Mutter Essen für uns gemacht, und die Nachmittage verbrachten wir spielend im Dorf, bis wir nach Hause mussten, um die Ziegen zu füttern. Wir waren ein eingespieltes Team: Lasse und ich zerhackten die Rüben, und Ronja füllte den Hafer zum Melken ab. Wir holten Doris und Mathilda abends von der Weide und wendeten das Heu, das meine Mutter mit einer großen Sense geschnitten hatte. Im Winter spielten wir Eishockey auf den zugefrorenen Teichen oder zogen unsere Schlitten wie all die anderen Kinder aus dem Dorf den Berg hinauf.

Im Frühling sprangen die Lämmer über den Hof. Sobald es warm genug war, radelten wir zum See, und wenn wir nach Hause kamen, wartete meine Mutter schon mit Erdbeerquark auf uns.

Von einem Schlachttransport in Italien hatte sie zwei alte, halb verhungerte Maultiere aufgenommen, Sultan und Laila, auf denen wir reiten konnten, als es ihnen besser ging. Ein Bauer aus unserem Dorf hatte uns erlaubt, das nach der Ernte auf seinen Feldern liegen gebliebene Heu aufzuharken, das wir für unsere Tiere gut gebrauchen konnten. Wenn die Arbeit erledigt war, die Hitze des Tages langsam angenehmen Temperaturen wich, machte ich Sultan sein Halfter um, half Ronja und Lasse auf seinen Rücken und reichte ihnen die Bettbezüge nach oben. Meine Mutter trug den Rechen, und so gingen wir dem Sonnenuntergang entgegen. Ich führte Sultan, der brav neben mir herschritt. Die Grillen zirpten in den Gräsern am Straßenrand.

Der Himmel über Lübeck war in ein feuriges Orange getaucht, als wir auf den Berg kamen und alles überblicken konnten. Es duftete nach Heu, und während Ronja Sultan hielt, der sowieso nur an dem trockenen Gras zu seinen Hufen interessiert war, harkte meine Mutter das Heu zusammen, und Lasse und ich saßen auf dem Lehmboden oder rannten über das Feld. Kranichpaare flogen schreiend über den Wald. Die Silhouetten auf dem pastellfarbenen Himmel.

Wenn ein Haufen zusammengekommen war, hielt

Lasse mir einen der Bettbezüge auf, und ich steckte das Heu hinein. Erste Fledermäuse flatterten über unsere Köpfe.

Auf dem Rückweg mussten Lasse und Ronja zu Fuß gehen, weil die Heusäcke über Sultans Rücken lagen. Der Horizont im Westen hatte jetzt ein samtenes Pink angenommen, das in ein dunkles Violett überging. Am Himmel im Osten glitzerten die ersten Sterne.

Ich warf eine Kohle in die Glut, die unter der Wucht zu leuchtendem Staub zerfiel. Die letzte für diesen Tag. Dabei war der Ofen nur lauwarm. Meine Mutter hatte ein paar Pakete Kohlen mit nach Hause genommen, eine Spende für die Auffangstation. Eigentlich waren sie ausschließlich für den Küchenofen gedacht, damit wir am Sonntag mal wieder baden und kochen konnten. Aber sobald meine Mutter weg war, hatte ich auch meinen Ofen damit geheizt. Ich musste genau abschätzen, wann ich wie viel Wärme brauchte. Zum Schlafen nicht unbedingt, wenn ich mir eine Wärmflasche machte und mir die Wolldecke über das Federbett warf. Zusätzlich konnte ich eine Strumpfhose unter meinen Pyjama ziehen und einen Pullover statt des dünnen Flanelloberteils tragen. Morgens würde ich eine der Strumpfhosen einfach anlassen und mir die Sachen für die Schule unter der Bettdecke anziehen. Wenn ich tagsüber weg war, brauchte ich sowieso kein warmes Zimmer. Die Zeit, in der ich es wirklich warm haben musste, war also eigentlich nur zwischen 16 und 21 Uhr. Ich musste es hinbekommen, meinen Ofen wenigstens einmal am Tag so zu heizen, dass ich mich auf die Hausaufgaben konzentrieren konnte.

Die Kälte lähmte mich. Sie fror mich ein. Meine steifen Hände. Mein Körper, der sich nicht mehr bewegen, mein Gehirn, das vor Kälte nicht mehr denken konnte, wenn ich zitternd am Schreibtisch saß.

Ronja heizte ihr Zimmer nie und fand es unfair, dass ich es tat. Wenn wir uns in der Küche am Wasserkocher trafen, um uns Wärmflaschen und Tee zu machen, warf sie mir Sätze an den Kopf wie: »Dann zieh dir Handschuhe an.« »Du weißt, dass wir nicht so viel Geld haben!« »Glaubst du, mir ist nicht kalt?« Sie verschwand wieder in ihrem Zimmer, und ich stellte den Wasserkocher noch mal an und lauschte dem Knacken und Rauschen.

Zurück in meinem Zimmer kroch ich wieder unter die Decke, aber dort, im Bett, konnte ich nichts tun. Wenn ich meine Hände herausholte, um ein Buch zu halten, musste ich sie schon nach kurzer Zeit wieder unter die Decke ziehen, um sie aufzuwärmen. So lag ich da und dachte nach, das wenigstens konnte ich im Bett noch gerade so. Ich durfte allerdings nicht an die anstehenden Klassenarbeiten denken, dann bekam ich Panik. Immer wieder sagten die Lehrer, dies sei die beste Zeit unseres Lebens.

Ich starrte in den Ofen. Die ersten Flammen flackerten an den Kanten der Kohle auf. Das Feuer brannte noch. Ich machte die obere Klappe zu, die untere auf und ging wieder ins Bett, griff nach der Fernbedienung meiner Stereoanlage, drückte auf Play und lauschte dem Summen der CD, bis Robbie Williams' Stimme einsetzte. Ich zog mir den Mantel mit der riesigen Kapuze über und schlüpfte in meine Gummistiefel, dann lief ich hinaus, den Berg hinter unserem Dorf hinauf, ans Ende der Welt, der Wind pfiff mir um die Ohren und peitschte mir den Regen ins Gesicht. Dort, wo die Straße aufhörte und in einen Weg aus Pfützen und Schlamm überging, blieb ich stehen, drehte mich um und sah zurück. Der Regen hatte meinen Mantel durchnässt, mein Gesicht und die herausgewehten Haarsträhnen waren klitschnass. Tropfen hingen in meinen wasserfesten Mascara-Wimpern. Ich blinzelte, und über dem Berggipfel tauchte das warme Licht von Scheinwerfern auf, ein schwarzer Oldtimer rollte auf mich zu und kam direkt vor mir zum Stehen. Ich hielt immer noch meine Kapuze fest, als Robbie Williams aus dem Wagen stieg. Er küsste und umarmte mich, bevor er mir die Tür zum Beifahrersitz aufhielt und selbst hinter dem Lenkrad Platz nahm. Ohne im Schlamm stecken zu bleiben, wendete er den Wagen und fuhr mit mir in sein wunderschönes Hotelzimmer in Berlin. Während er sein Konzert gab, lag ich im Schaum des Whirlpools und wärmte mich auf, bis Robbie irgendwann mit einer Flasche Champagner zu mir in die Wanne stieg. Ich naschte gerade eine Erdbeere vom Badewannenrand, als Ronja in mein Zimmer kam.

»Madeleine?«

Ich zog mir die Decke vom Kopf, drückte auf der Fernbedienung der Anlage herum, bis die Musik leiser wurde. Ronja setzte sich auf die Bettkante. Sie trug ihre Winterjacke.

»Was ist los?«

Sie sagte nichts.

»Willst du unter die Decke kommen?«

»Ja«, sagte sie, zog die Jacke aus und schlüpfte zu mir ins Bett. Die Decke war zu klein für uns beide, überall strömte die kalte Luft herein. Ich zog Ronja so fest es ging an mich, umschlang sie mit meinen Armen und Beinen. Sie war noch dünner geworden. In all den dicken Klamotten, die sie im Winter trug, war es mir gar nicht aufgefallen, aber jetzt, mit ihr direkt an meinem Körper, spürte ich die Rippen, die Beckenknochen und wie wenig ich überhaupt zu umarmen hatte. Wir lagen ganz still da, die Wärme breitete sich zwischen uns aus. Wir durften uns nur nicht bewegen. Ronjas Haar roch nach Winter und Rauch. Ich hielt sie fest und spürte, wie ihr Körper ganz leicht zu beben begann. Sie zitterte, und das lag nicht an der Kälte. »Wir kriegen das schon hin«, flüsterte ich. Dann konnte auch ich nicht mehr sprechen. Wenn dir deine kleine Schwester weinend in den Armen liegt, das wusste ich, darfst du selbst auf keinen Fall auch anfangen zu weinen. Darum musste ich die Tränen hinunterschlucken, was so wehtat, als würde ich versuchen, Nadeln zu essen. Der Schmerz zog von meinem Hals in meinen Kopf hinauf und lenkte mich für einen Moment von dem zitternden Körper ab, der vor mir lag. Zwischendurch versuchte ich zu sagen, dass alles gut werden und unser Vater uns bestimmt bald eine Wohnung mieten würde, in der wir dann zusammen leben könnten. Wir müssten nur noch ein bisschen durchhalten. Ich war jedes Mal stolz darauf, wenn ich es geschafft hatte, nicht auch in Tränen ausgebrochen zu sein. Ronja drehte sich zu mir um und klammerte sich schluchzend an mich. »Du musst lernen, was zu sagen«, sagte ich. »Was dir nicht passt, dass du nicht glücklich bist. Das mache ich doch auch. Wie soll sonst irgendjemand wissen, wie es dir geht?« Ronjas Tränen sickerten in meinen Pullover. Sie wurde ruhiger, zitterte nur noch ab und zu. Der Kampf gegen das Weinen hatte mich schläfrig gemacht. Robbie Williams sang leise vor sich hin. »Und du musst mehr essen«, sagte ich. Dann atmeten wir einfach ruhig, Lunge an Lunge, und hörten zu, wie der Schneeregen gegen das Fenster schlug.

Als wir an einem Abend kurz nach den Sommerferien zusammen am Küchentisch saßen, Lasse, Ronja und ich, und meine Mutter die Ziegenkäsebällchen durch die gehackten Kräuter rollte, fragte sie uns, wie wir es fänden, wenn sie wieder arbeiten ginge. Wir seien ja jetzt alt genug, um mal allein zu bleiben. Ich als ältere Schwester könnte schon etwas kochen. Außerdem wäre sie nicht den ganzen Tag weg.

Seit ein paar Wochen war mir aufgefallen, dass meine Mutter sich besser kleidete, sich wieder schminkte und uns das Essen glücklicher servierte.

»Was denn? Im Krankenhaus?«, fragte ich.

Ich stellte es mir aufregend vor, alleine zu sein, wenn wir von der Schule nach Hause kamen. Meine Mutter legte das fertige Ziegenkäsebällchen zu den anderen auf den Teller. Auf der Weide vor dem Küchenfenster graste nur noch Laila, nachdem Sultan ein paar Wochen zuvor gestorben war.

»Im Krankenhaus arbeite ich nie wieder.«

»Aber das war doch früher dein Job.«

»Ja, aber das war schrecklich.«

Ich zerstampfte meine Kartoffeln mit den Semmelbröseln.

Die meisten Mütter meiner Klassenkameraden hatten richtige Jobs. In der Schule schämte ich mich immer ein bisschen, *Hausfrau* als Beruf meiner Mutter anzugeben.

»Also ich fänd's auch cool, wenn du wieder arbeiten würdest«, sagte Lasse.

»Das glaub ich«, sagte meine Mutter.

In letzter Zeit war sie wegen seiner Prügeleien immer wieder in die Schule zitiert worden. Ich wusste, er wollte heimlich den Fernseher anschließen, den meine Großeltern uns geschenkt hatten, den wir aber nicht benutzen durften.

»Ich dachte immer, es wäre gut, wenn ich für euch zu Hause bleibe«, sagte meine Mutter etwas enttäuscht von unserer Reaktion.

»Aber wenn du nicht da bist, können wir machen, was wir wollen«, sagte Ronja.

Lasse verdrehte die Augen. »Verrat doch nicht alles.«

»Aber wenn ihr mich nicht so braucht«, sagte meine Mutter.

Wenn sie arbeitete, stellte ich mir vor, würden wir uns bald ein Badezimmer und eine Einbauküche leisten können, in den Ferien verreisen und eine ganz normale Familie werden.

»Na ja, ich weiß sowieso noch nicht, was ich machen soll«, sagte meine Mutter und ließ ein Ziegenkasebällchen in ein Glas mit Olivenöl sinken.

Ein paar Tage später fuhr meine Mutter das erste Mal zum Treffen eines neuen Tierschutzvereins, und ich hatte dafür zu sorgen, dass Lasse und Ronja nicht zu spät ins Bett gingen. Wir schlichen uns auf den Dachboden, sobald meine Mutter weg war, bauten den Fernseher mit der Antenne in der alten Räucherkammer auf und guckten *Wetten, dass..?*. Immer wenn wir ein Auto auf dem Dorfplatz hörten, schalteten wir den Fernseher aus und bereiteten uns darauf vor, die Treppen runter in unsere Zimmer zu laufen, doch meine Mutter kam erst nach Hause, als die Show sowieso zu Ende war und ich mich vor den Bildschirm gestellt hatte, um Lasse und Ronja davon abzuhalten, den *Weißen Hai* zu gucken.

»Es ist einfach schön, Menschen zu treffen, denen Tiere auch so wichtig sind wie mir«, hörte ich meine Mutter am nächsten Tag sagen, als sie mit Bea telefonierte. »Du glaubst gar nicht, wie viele Hunde hier noch in Zwingern gehalten werden.«

Von einem der folgenden Treffen brachte meine Mutter eine alte Hündin mit, die so blind war, dass sie gegen die Beine der Tische und Stühle lief und allein nicht nach draußen fand. Uns wurden vier Schaflämmer gebracht, die die Milch unserer Ziegen tranken. Meine Mutter hörte auf, Käse zu machen. Zuerst meinte sie zwar, sie würde wieder anfangen, sobald die Lämmer begannen, selbstständig zu fressen, aber als es so weit war, hatte sie keine Zeit mehr dafür, da sie dabei war, eine Auffangstation für Haus- und Wildtiere aufzubauen.

Kurz vor den Herbstferien, mein Vater hatte mich vom Geigenunterricht abgeholt, nach Hause gebracht und mit Ronja Hausaufgaben gemacht, hörte ich die Stimmen meiner Eltern in der Küche lauter werden. So laut, dass ich einzelne Wörter verstand. Ich legte den Füller zur Seite, ging zu meiner Zimmertür und öffnete sie einen Spalt breit.

»Dann muss er eben zu dir ziehen«, sagte meine Mutter.

»Zu mir? Wie soll das denn gehen?«, sagte mein Vater.

»Lass dir halt was einfallen.«

»Wir haben überhaupt kein Zimmer frei.«

»Das ist mir doch egal.«

Ich schlich mich über den Flur zu Ronja und Lasse, die an der Tür zur Speisekammer standen und lauschten.

»Cool, ich zieh wieder nach Lübeck«, sagte Lasse und grinste.

»Diesen Jähzorn hat er von dir«, sagte meine Mutter.

Ich hatte zwar nicht daran geglaubt, doch am Ende der Herbstferien holte mein Vater Lasse ab. Er hatte ihn in einer Schule in der Stadt angemeldet und ihm eine Couch in sein Arbeitszimmer gestellt, wo er von da an wohnen sollte.

Ronja und ich saßen am Küchentisch, sahen den Ratten zu und trauten uns nicht aufs Plumpsklo.

Seitdem die Wildschweine bei uns waren, hatten sich die Ratten explosionsartig vermehrt. Wir hatten schon immer Ratten, aber früher waren wir nur auf sie aufmerksam geworden, wenn eine Katze oder ein Hund eine von ihnen totgebissen hatte oder wenn sie sich im Winter in unsere Küche verirrten. Es gab dieses alte Abflussloch im Boden, das auf die Weide hinausführte. Meine Mutter fand dieses Loch toll, weil es so alt war »und praktisch« und man den Boden einfach reinigen konnte, indem man einen Eimer Wasser auskippte, das dann durch das Loch hinauslief. Es war uns nicht erlaubt, es zuzustopfen. Im Winter gab es auch aufgrund dieses Lochs immer wieder Ratteninvasionen. Eines Morgens, als wir in die Küche kamen und die Hunde wie verrückt den Schrank und das Regal ankläfften, die Mülleimer und die Spüle, zählten wir acht nicht gerade kleine Ratten, die durch das Loch wieder nach draußen schlüpften, nachdem wir mit Besenstielen unter den Schränken herumgestochert hatten.

Mit den Wildschweinen, die neben dem Brunnen mit Maiskolben und Haferflocken, Kartoffeln und Eicheln gefüttert wurden, kamen die Ratten nun schon in der Dämmerung, manchmal sogar am helllichten Tag aus dem Stall und den Büschen. Wir konnten sie vom Küchenfenster aus beobachten. Sie huschten über die Näpfe und verschwanden wieder im Schatten des Brunnens. Manche machten sich kaum noch die Mühe, wieder wegzulaufen, und blieben einfach in den Schüsseln sitzen und knabberten die Maiskolben ab.

»Die laufen doch weg, wenn ihr die Tür aufmacht«, sagte meine Mutter, die hinter uns das Hundefutter auf die Näpfe verteilte.

»Die haben keine Angst mehr vor uns«, sagte Ronja. »Gestern ist mir eine über den Fuß gehuscht, als ich auf dem Plumpsklo saß.«

Die Ratten verschwanden auch nicht mehr, als ich die Tür aufmachte. Sie wichen höchstens ein paar Rattenlängen zurück in den Schatten der Brennnesseln oder in den Stall der Wildschweine. Und als ich in der Tür stehen blieb und sie gemerkt hatten, dass nichts passierte, fraßen sie schon wieder im Napf, während sich die Wildschweine unter den Haselnusssträuchern suhlten.

»Ich hab jetzt schon mindestens elf gezählt«, sagte Ronja, und ich schloss die Tür und setzte mich wieder neben sie.

»Anstatt Ratten zu zählen, könntet ihr lieber mal gucken, ob die Wäsche schon trocken ist.«

»Aber wir müssen aufs Klo«, sagte Ronja.

»Dann pinkelt doch in den Garten«, sagte meine Mutter.

»Wir können doch nicht immer in den Garten pinkeln.«

»Warum denn nicht? Seid doch nicht so verklemmt.«

Ronja und ich sahen uns an. Eigentlich pinkelten wir nur in den Garten, wenn ein Hund, vor dem wir Angst hatten, auf der Weide war, wenn wir uns nachts nicht trauten, allein über den Hof zu laufen, oder wenn der Schnee so hoch lag, dass wir die Tür vom Plumpsklo nicht mehr aufbekamen. Ich wollte mich auf eine richtige Toilette setzen, für die ich mir nicht Stiefel anziehen musste, bei der ich danach die Spülung drücken konnte, obwohl es Verschwendung von Trinkwasser war. Ich wusste, Ronja ging es genauso, doch wir hatten schon lange nicht mehr darüber gesprochen.

Die Ratten huschten weiter über die Näpfe, saßen in den Schüsseln und fraßen. Sie waren nur noch schwarze Schemen, die bald in der Dunkelheit verschwinden würden, nicht weil sie nicht mehr da wären, sondern weil wir sie nicht mehr sehen konnten. Ich überlegte, ob es besser wäre, jetzt zu gehen, wo wir sie gerade noch sahen, oder später, wenn wir uns wenigstens einbilden konnten, dass sie weg waren, weil es dunkel war.

»Komm, wir gehen zusammen«, sagte Ronja. »Und nehmen Besen und schreien.«

Sie sprang auf, drückte mir einen Besen in die Hand und schnappte sich den Stiel vom Wischmopp. Snoopy verkroch sich unter den Stuhl, auf dem meine Mutter saß, Chico knurrte, aber da rannte Ronja schon schreiend aus der Küchentür. Als ich die Treppen runterlief, sah ich die Ratten auseinanderstieben.

»Haut ab!«, brüllte Ronja. »Verpisst euch.«

Ich stand neben ihr. Unter uns Maiskrümel und Körner und die Spuren der Rattenfüße und -schwänze im Reif. Die Besenstiele hielten wir wie Schwerter vor uns.

Die Wildschweine waren kurz davongaloppiert, standen nun aber grunzend in sicherer Entfernung und sahen uns verständnislos an. Nach ein paar Sekunden der Stille machte Hänsel vorsichtige Schritte auf uns zu, und auch die ersten Ratten huschten wieder aus ihren Verstecken.

»Geh du zuerst«, sagte Ronja. »Ich pass hier auf.«

Ich wusste nicht, wo meine Mutter Ralf kennengelernt hatte. Er saß einfach eines Abends in unserer Küche und rauchte, während meine Mutter ihm und den Hunden Essen zubereitete.

Die Männerstimme hatte ich schon vom Flur aus gehört. Ich hatte überlegt, ob ich reingehen sollte, ihn aber nur für einen unbedeutenden Besuch gehalten. Für jemanden, den meine Mutter für schwerere Arbeiten auf dem Hof engagiert hatte. Noch mit der Klinke in der Hand war ich stehen geblieben. Ein schlaksiger Typ mit schütterem Haar, das ihm bis auf die Schultern fiel, klemmte seine Zigarette zwischen die Lippen, um beide Hände für das Festhalten eines Hundes freizuhaben, der unter dem Tisch aufgestanden war und mich anknurrte.

»Brutus«, sagte Ralf streng, aber Brutus knurrte immer lauter. Ich konnte den ganzen Körper des Hundes noch nicht sehen, da er von der Wachstuchtischdecke verdeckt war, aber die Tatsache, dass dieser Mann beide Hände brauchte, um den Hund festzuhalten, und immer noch Schwierigkeiten hatte, beunruhigte mich. Das Knurren kam aus einem großen Körper, das hörte ich. Es klang wie ein Grollen, tief aus einem Berg.

»Das ist Ralf«, sagte meine Mutter, ohne sich zu mir

umzudrehen. Es roch nach gebratenen Zwiebeln und dem labbrig gekochten Reis mit Hühnchen, den besonders abgemagerte Hunde bekamen.

Brutus fletschte die Zähne. Die Zigarette zwischen Ralfs Lippen zitterte. Ich drehte mich auf dem Absatz um, schlug die Tür hinter mir zu. Mein Herz raste. Der Dackel, der damals immer im Flur eingesperrt war, kam mit wackelndem Hinterteil auf mich zu. Ich schob ihn weg und ging zu Ronja, die über ihren Schreibtisch gebeugt dasaß.

»Wer ist dieser Typ?«

»Hab ich mich auch schon gefragt«, sagte sie, ohne sich umzudrehen.

Irgendwas in der Art, wie meine Mutter ihn vorgestellt hatte, sagte mir, dass er mehr für sie war als ein Mann, der für sie arbeitete. Sie hatte ihren Blick nicht gehoben, sich weiter auf ihre Pfanne konzentriert. Sie hatte den Ofen geheizt zum Kochen.

»Wann geht der denn endlich?«

»Wenigstens kocht Mama was.«

»Bei dem Köter da drin geh ich nicht rein.«

Ich trat zu Ronja an den Schreibtisch, sah ihr über die Schulter, wie sie mit dem Geodreieck irgendwelche Linien in ihr Matheheft zog.

»Ich muss mich konzentrieren«, sagte sie, und ich verzog mich wieder in mein Zimmer und wartete darauf, dass meine Mutter uns zum Essen rief. Das passierte aber nicht. Vielleicht wollte sie warten, bis ihr Besuch weg war. Vielleicht war sie selbst genervt von ihm. Sie schaffte es nie, jemanden rauszuschmeißen. Nach einer Stunde, es war mittlerweile halb neun, ging ich wieder zur Küchentür. Ich hörte das Besteck klappern. Sie redeten über Hunde, natürlich. Er erzählte gerade irgendeine Heldengeschichte, wie er mal rumänische Straßenhunde über die Grenze geschmuggelt hatte.

Ich ging wieder zu Ronja. Ich wollte, dass meine Mutter mich hörte. Die Türen, die ich öffnete und hinter mir zuschlug, und die Tür, die ich nicht öffnete, die Küchentür.

»Er ist immer noch da«, sagte ich.

»Ich weiß«, sagte Ronja.

Mittlerweile saß sie im Bett und las *Harry Potter*.

»Kannst du mir nicht wenigstens was aus der Speisekammer holen?«, fragte ich. »Ein Brötchen mit Käse oder so?«

Ronja stand auf. Ich setzte mich auf ihren Schreibtischstuhl.

Sie ging in die Speisekammer und kam mit einem Apfel, einer Tüte Brötchen und einem Stück eingeschweißtem Gouda zurück.

»Messer hab ich nicht«, sagte sie, als sie mir die Brötchen und den Käse in den Schoß fallen ließ.

»Krümel nich meine Sachen voll«, sagte sie, rückte ein Heft und das Mathebuch zur Seite und ging zurück ins Bett.

Ich nahm ein Brötchen aus der Tüte, bohrte ein

Loch hinein und höhlte es aus, die Krümel fielen in meinen Schoß. Ich aß das Innere, um Platz für den Käse zu haben. Die Packung war schon offen, und irgendjemand hatte ein paar Scheiben abgeschnitten. Die Ränder des Stückes waren dunkel angelaufen. Ich brach den Käse in zwei Hälften und steckte die eine davon ins Brötchen.

Während ich aß, lauschte ich auf die Stimme meiner Mutter, ein leises Murmeln, Ralf hingegen klang laut und selbstsicher, als gehörte er hierher, und die Wut, die dabei in mir aufstieg, ließ mir das Kauen immer schwerer fallen. Sie lachten, und ich wollte einfach nur, dass die Küchentür aufging und die Stimmen nach Abschied klangen. Ich begann an der Haut neben meinen Nägeln zu kauen, und auch Ronja saß einfach nur noch da und hatte ihr Buch nicht wieder aufgeschlagen. Ich sah auf die Uhr, es war halb zehn. Sie lachten immer noch, und ich wusste, was das hieß. Ich klammerte mich an jede Minute. So spät war es doch noch gar nicht. Warum sollte nicht mal jemand bis um zehn zu Besuch sein? Später, wenn ich im Bett lag, würde meine Mutter reinkommen, mir Gute Nacht sagen und sich darüber beschweren, dass dieser Ralf so lange geblieben war.

»Ich glaub, ich geh ins Bett«, sagte ich. »Mir ist schlecht. Kannst du den Käse zurückbringen?«

»Meinetwegen.«

Ich ging vorne aus der Haustür, hockte mich neben die Linde und pinkelte in den Garten. Rex stupste mir mit seiner feuchten Nasenspitze gegen den Po.

Über mir rauschte der Wind durch die Blätter, als ich die Stufen wieder rauf ins Haus ging. Ich zog mir meinen Pyjama an und legte mich ins Bett. Natürlich konnte ich nicht schlafen. Mir war nicht wirklich übel, nur unwohl vor Angst, und mit den Zähnen zog ich mir die Haut am Rand des Daumennagels ab, bis es blutete. Wenn ich ein Auto hörte oder das Licht der Scheinwerfer eines Wagens an der Zimmerdecke sah, setzte ich mich auf und blickte hinaus. Es passierte nicht oft, dass Autos an unserem Hof vorbeifuhren. Tagsüber taten das nur Leute, die sich verfahren hatten und kurz darauf wieder zurückkamen. Nachts war es meist der Geländewagen des Jägers, auch an diesem Abend.

Ich musste irgendwann eingeschlafen sein. Als ich morgens um halb sechs wach wurde, lief ich in meinem Pyjama hinaus in die Diele und von dort hinten auf den Hof. Es wurde langsam hell, die Sonne war noch nicht aufgegangen, aber die Vögel zwitscherten schon, als ich in dem kühlen Frühlingswind stehen blieb. Dort stand der Passat neben dem Trabi meiner Mutter, ein Passat mit Kieler Kennzeichen, und es traf mich wie ein Schlag. Ich glaubte mich übergeben zu müssen und ging die paar Schritte zum Misthaufen. Meine Hausschuhe sanken in die Matsche, die eiskalt meine Fersen erreichte. Die Zeit, in der meine Mutter immer öfter nachts weg gewesen war, die Bedrohlichkeit, die davon ausging, das Auto nicht zu sehen. Und mein Vater, der anfing mit dem Jeep nicht mehr auf den Hof zu fahren, und immer öfter vorne an der Straße parkte, um jeden Moment wegfahren zu können.

Ich lief die Einfahrt hinunter und den Berg hinauf hinters Dorf, da waren die Lichter von Lübeck, meiner Geburtsstadt, zu der ich nicht mehr gehörte, und kurz daneben, auf der anderen Seite des Waldstreifens, die Kräne und die ersten grauen Flecken der neuen Autobahn. Bald war die Stille, für die meine Mutter aufs Land gezogen war, auch vorbei. Von der Mülldeponie, auf der ein rotes Licht leuchtete, wehte ein süßlicher Geruch herüber.

Alle sagten mir ständig, was für eine tolle Mutter ich doch hatte, meine Lehrerinnen, sogar die Kassiererinnen beim Landhandel, und obwohl mein Vater schon lange nicht mehr bei uns wohnte, sagte auch er es immer wieder, wenn er mich von der Schule abholte und wir in der Stille des Autos nebeneinandersaßen, weil ich nicht NDR Info und er nicht N-JOY Radio hören wollte.

»Deine Mutter ist so eine tolle Frau«, sagte er. »Es tut mir immer noch leid, dass das mit uns nicht geklappt hat.«

Es machte mich wütend, wenn er das sagte, vor allem, dass er es mir sagte. Ich verdrehte die Augen, sah raus auf die vom vielen Regen und geschmolzenen Schnee überschwemmten Felder. Ich hatte Hunger und war erschöpft von sieben Stunden Schule.

Es war so lange her, dass ich meine Eltern als Paar gesehen hatte, ich konnte sie mir schon gar nicht mehr zusammen vorstellen. Nur an die Streite konnte ich mich erinnern, aber sie mussten doch mal eins gewesen sein, vier Kinder lang.

Früher hatte ich meinen Vater manchmal noch gefragt, warum sie nicht mehr zusammen waren, warum er sich nicht von Linda trennte und wieder zu uns zog, aber ich hatte nie eine befriedigende Antwort bekommen. »Du kennst doch deine Mutter.« »Sie hat ja jetzt auch einen andern.« »Die ganzen Tiere.«

»Wieso hast du dich überhaupt in sie verliebt?«, fragte ich, als wir auf der Bundesstraße einem Trecker hinterherfuhren, der nicht schneller als vierzig fahren durfte.

»Na ja, du weißt doch, dass wir früher bei den Grünen waren.«

»Ja.«

»Und du musst dir vorstellen alle sitzen da im Versammlungsraum, und die Frauen stricken die Wollpullover für ihre Kinder. Alle haben damals die ganze Zeit gestrickt. Und dann kommt deine Mutter rein, in einem Pelzmantel.«

Mein Vater grinste. Er blickte vor sich auf die Straße, als würde er die Szene genau so vor sich sehen.

»Da waren natürlich alle Blicke auf sie gerichtet. Die Strickerinnen hörten auf zu stricken, ein paar Nadeln fielen klirrend zu Boden. Natürlich haben alle gedacht: Was macht die denn hier?«

Ich sah meine Mutter vor mir, mit ihrem langen blonden Haar, das in einen pompösen Pelzmantel übergeht.

»Damals wurden Frauen, die Pelzmäntel trugen, mit Farbe bespritzt.«

»Ich wusste gar nicht, dass Mama einen Pelzmantel hat.«

»Ich glaub, damit hat sie dann die Hundekörbe ausgelegt.«

»Und sie durfte trotzdem bleiben, bei den Grünen?«

Der Trecker vor uns bog ab, und mein Vater gab Gas, sodass ich in den Sitz gedrückt wurde.

»Na ja, das war das erste und letzte Mal, dass sie in einem Pelzmantel aufgetaucht ist. Ich glaub, bei den Frauen ist sie nicht so gut angekommen, aber ich war ja der Vorsitzende.«

»Und darum hast du dich in sie verliebt? Wegen dem Pelzmantel?«

»Ich hab mir gedacht, die traut sich was. Die find ich spannend.«

»Aber sie hat uns doch ganz viele Kindersachen gestrickt.«

»Ja, ja, irgendwann hat sie natürlich auch gestrickt«, sagte er und wurde wieder so ernst, wie er meistens war, und ich sah raus in den dunkler werdenden Tag. Die Linden der Allee zogen an mir vorbei, und der Wald wurde in der Dämmerung langsam schwarz.

Meine Eltern, so schien es mir, waren Menschen, die ich nur zu kennen glaubte. Eigentlich war ich erst seit Kurzem Teil ihres Lebens. So was Ähnliches hatte ich schon bei der Beerdigung meines Großvaters gedacht, dass ich ihn ja eigentlich nur vierzehn Jahre gekannt hatte. Von den neunundachtzig, die er geworden war, waren das nicht viele. Irgendwann war meine Mutter so alt gewesen wie ich, und damals war sie schon bald mit Anna schwanger gewesen, und ihre Eltern hatten sie nach Lübeck geschickt.

Eins der wenigen Dinge, die ich über die Kindheit meines Vaters wusste, war, dass er von seiner Mutter allein gelassen in irgendeiner Altbauwohnung in Berlin-Wilmersdorf gesessen hatte, als ein Bombensplitter die Fensterscheibe des Wohnzimmers zerschlug und seine Stirn streifte. Er blutete zwar, freute sich aber auch über das neue Spielzeug. Einen Bombensplitter hatte er schon immer haben wollen. Trotzdem war der Bombensplitter irgendwann verschwunden, einen Säbel, einen Degen und eine Pistole hatte mein Vater jedoch noch, alles Dinge, die er am Ende des Krieges in leeren Wohnungen gefunden hatte. Wenn er davon erzählte, klang es, als wäre Berlin nach dem Krieg ein Abenteuerspielplatz gewesen, aber ich glaubte, er sprach nur so harmlos davon, um uns Kinder nicht zu erschrecken.

In dem Wald neben uns stand das Wasser, als wären die Bäume aus einem See gewachsen. Wir fuhren von der Bundesstraße ab, an dem Parkplatz vorbei, auf dem das Wohnmobil mit dem leuchtenden Herz stand.

»Was hast du denn in Mathe auf?«, fragte mein Vater.

»Ich glaub, das krieg ich auch alleine hin«, sagte ich, bereute es aber sofort. Ich hatte kurz vergessen, dass ich ihn nach Geld für die Weihnachtsgeschenke fragen wollte.

»Exponentialfunktionen«, sagte ich schnell.

»Exponentialfunktionen«, sagte mein Vater mit leuchtenden Augen. »Da weiß ich einen guten Trick.«

Doch eigentlich hoffte ich, Ronja würde sich mit ihm beschäftigen.

Für die Sonntagsbesuche bei meinen Großeltern zogen wir unsere sauberen Schulsachen an. Ronja und ich mussten allein schon deswegen mit, weil Helge gar nicht daran dachte mitzukommen. Er hatte gerade seinen Realschulabschluss gemacht und half den Bauern aus dem Dorf bei der Ernte. Ronja und ich hatten damit allerdings nicht mehr die Chance, uns aus den Besuchen herauszureden.

»Sie sind doch nicht mehr so lange da«, sagte meine Mutter, und darauf wussten wir nichts mehr zu erwidern und fuhren mit.

Mein Großvater kochte immer noch für uns, auch wenn es keine Rinderzunge mehr gab und seine Gerichte mit den Jahren an Aufwand verloren hatten. Schon während der Fahrt stellten wir uns darauf ein, dass er sich darüber beschweren würde, dass wir zu spät waren und Helge nicht mitgekommen war. Meine Großmutter würde mit zittriger Stimme versuchen, ihn zu beruhigen und die Aufmerksamkeit auf weniger konfliktreiche Themen zu lenken.

»Ich freue mich auf jeden Fall, dass ihr da seid«, sagte sie, als wir bei meinen Großeltern im Wohnzimmer standen. »Wie läuft's denn in der Schule?«

Während meine Mutter sich mit ihrem Vater in der Küche stritt, weil er sich nicht beim Kochen helfen lassen wollte, führten wir meine Großmutter, auf unsere Arme gestützt, vom Kaffeetisch vor dem Fernseher an den Esstisch und unterhielten uns leise über die Schule.

»Bring mir doch mal die Schatulle da«, sagte sie zu Ronja, nachdem diese ihr von ihrer Eins in Französisch erzählt hatte. »Die da in meinem Nachtschrank.« Und sie drehte sich mühsam ein wenig in die Richtung, in die Ronja gegangen war.

Ronja kam mit der antik gemusterten Schatulle zurück, in der unsere Großmutter verschiedenen Schmuck aufbewahrte, der nicht ganz so wertvoll war. Als Kind hatte ich immer ihre Perlenkettensammlung anprobieren dürfen.

»Wenn du größer bist, bekommst du sie alle, aber jetzt bist du noch zu klein«, hatte sie damals gesagt.

Sie rückte die Schatulle auf dem Esstisch zurecht.

»Hilf mir doch mal«, sagte sie und zog ihre knorpeligen Finger zurück. Ihre Gelenke waren so dick, dass sie ihre Ringe nicht mehr abnehmen konnte.

»Die müssen wohl mit ins Grab«, hatte sie mal gesagt, nachdem der letzte Versuch meiner Mutter, sie mit Spülmittel abzubekommen, gescheitert war.

Ronja öffnete die Schatulle, die voll war mit Ringen, Broschen, Ketten und Armreifen, die sich teilweise so ineinander verhakt hatten, dass wir die einzelnen Schmuckstücke erst vorsichtig voneinander lösen mussten.

»Was möchtest du denn gerne haben, Ronjalein?«, fragte meine Großmutter. »Diese Brosche ist doch schön. Die hab ich bei einem Springturnier in Cork gewonnen.«

Drei Kleeblätter aus smaragdgrünen Steinen in Roségold eingefasst. Ich wusste, dass sie fast eine erfolgreiche Springreiterin geworden wäre, dann war ihr Bruder nach Südamerika geflohen, und sie hatte ihrem Vater geholfen, die Firma durch den Krieg zu bringen. Ich wusste auch, dass mein Großvater sie in aller Öffentlichkeit mit anderen Frauen betrogen hatte und dass meine Mutter sich lange gewünscht hatte, meine Großmutter hätte ihn verlassen, früher schon, um noch ein glücklicheres Leben führen zu können, ohne seine Affären und die cholerischen Anfälle.

Mir schenkte sie zwei einfache Perlenohrstecker, die ich seither jeden Tag trug.

Zwei Tage später fiel mein Großvater tot um, als er auf seinen Stock gestützt durch das Zimmer humpelte. Meine Großmutter wusste nicht, was sie tun sollte, und sprach uns eine lange verzweifelte Nachricht auf den Anrufbeantworter. Danach erreichte sie Anna, die einen Krankenwagen zum Haus meiner Großeltern schickte.

Erst am Abend, als wir schon längst vom Tod meines Großvaters erfahren hatten und meine Mutter zu Anna gefahren war, die meine Großmutter bei sich aufgenommen hatte, hörten Ronja und ich die Nachricht auf dem Anrufbeantworter ab. Wir konnten nicht begreifen, warum sie uns minutenlang immer wieder erzählte, was passiert war, und dass sie überlegte, ihre Hausärztin anzurufen. Wie konnte sie vergessen haben, dass man in solchen Situationen den Krankenwagen rief?

Es war ein Nachmittag, an dem ich durchs Haus wanderte, auf der Suche nach Sachen, die ich verbrennen könnte. Meine Mutter war nicht da, Ralf und Brutus waren nicht da. Ronja saß in ihrem Zimmer und machte Hausaufgaben. Draußen lag Schnee, und als ich am Schreibtisch Atemwölkchen in die Luft hauchte, hielt ich es nicht länger aus.

Ich überlegte, im Schlafzimmer meiner Mutter zu gucken, im alten Esszimmer und im Katzenzimmer. Bücher hatte ich ausgeschlossen, Kleidung nicht. Sie brachte schnelle Hitze, verbrannte aber zu rasch. Holz war da schon besser, und wenn die Tiere die alten Möbel zerfraßen und zerkratzten, konnte ich sie genauso gut in meinen Ofen werfen.

Vorsichtig öffnete ich die Tür zum ehemaligen Esszimmer. Chico lag in dem alten Kinderbett, das auch schon das Kinderbett meiner Mutter gewesen war. Die meisten Holzstreben waren mittlerweile herausgebrochen, aus einem Loch in der Matratze in Höhe von Chicos Kopf quoll Schurwolle. Der Schwanz des Hundes schlug in einem schneller werdenden Takt gegen die übrigen Streben des Bettgestells. »Bleib ruhig liegen«, sagte ich.

Aber als ich eine angeknabberte Holzstange vom Boden aufhob, flitzte Chico aus dem Bett und biss knurrend in die andere Seite der Stange.

»Chico«, sagte ich. »Ich brauche das viel dringender als du.«

Aber er hörte nicht auf mich, sondern warf seinen Kopf hin und her, sodass mir das splittrige Ende durch die Hand ratschte und ich losließ. Mit der Stange noch im Maul und wedelndem Schwanz stand Chico vor mir und sah mich fordernd an.

»Ich spiel nicht mit dir«, sagte ich und zog mir einen Splitter aus der Handinnenfläche. »Du bist echt blöd.«

Chico legte das Holz vor seinen Füßen ab, aber als ich danach greifen wollte, schnappte er es wieder. Ich sah mich weiter um. Die alte Kommode, unter der ich früher immer meine vollgepinkelten Unterhosen versteckt hatte. Sie war ziemlich zerkratzt, und an einer Seite war ein Fuß abgebrochen, der zerkaut danebenlag. Ich hob ihn auf und dachte schon einen Moment, ich könnte ihn einfach nehmen und verbrennen. Aber als ich dieses kleine leichte Stück Holz in meinen Händen hielt, das höchstens eine halbe Stunde brennen würde, wurde ich so traurig, dass es sich für das bisschen Wärme nicht lohnen würde. Diese Kommode hatte mich mein Leben lang begleitet, unsere Kindersachen waren darin gewesen und die Bettwäsche, mit der uns meine Mutter früher die Betten bezogen hatte. Die Griffe waren aus Porzellan, und vielleicht könnten wir die Kommode restaurieren lassen, und dann würden wir auch diesen vierten Fuß noch brauchen. Ich schob ihn so weit unter die Kommode, wie es nur ging.

»Der bleibt da, wo er ist.«

Chico stand immer noch schwanzwedelnd hinter dem Stöckchen, bereit, jeden Augenblick zuzubeißen.

»Leg dich wieder hin«, sagte ich zu Chico, aber es hätte auch mir gelten können. Ich sehnte mich nach meinem Bett, dort war es warm, und ich musste nichts tun. Für diese kleine Stange lohnte es sich nicht zu kämpfen. Wenn ich was zum Anfeuern brauchte, könnte ich immer noch wiederkommen.

Im Schlafzimmer meiner Mutter war ich schon ewig nicht mehr gewesen. Kalle lag auf dem Bett zwischen zerwühlten Decken und Kissen. Ein paar Federn segelten auf ihn herab, als er sich gähnend streckte und mir entgegensah. Ich wusste, ich konnte nichts aus diesem Zimmer nehmen, warum war ich überhaupt hier reingekommen?

»Nein, Kalle. Wir gehen nicht spazieren«, sagte ich.

Es gab den Kleiderschrank mit den herausgebrochenen Türen, über denen Hosen und Hundeleinen hingen. Ihre Klamotten verbrannte meine Mutter selbst regelmäßig, wenn sie von den Hunden zu sehr zerfetzt worden waren. Da war nichts mehr zu holen. Der Schreibtisch war von ungeöffneten Briefen bedeckt, die von Lehmkrümeln und schlammigen Tatzenabdrücken übersät waren. Die Fensterscheibe über dem Schreibtisch war schon völlig zerkratzt, der Rahmen splittrig. Ich machte auf der Schwelle kehrt.

Im ersten Stock gab es ein Zimmer, das nur ein zugenageltes Fenster hatte und kein elektrisches Licht. Es war also immer stockdunkel, und man konnte bloß die Schemen unzähliger Möbelteile sehen. Schranktüren, ein Lattenrost, Regalbretter. Wir hatten keine Batterien mehr, und die Petroleumlampe war auch leer. Ich machte die Tür wieder zu. In dem Raum daneben standen Schränke mit Geschirr und Kleidung meiner Großeltern. Die anderen Zimmer im ersten Stock hatten keinen Boden. Es gab nur Balken, auf denen man bis zu den Fenstern balancieren konnte. Dazwischen lagen Pappteile von großen Umzugskartons, die ich zwar verbrennen könnte, aber dann hätte ich auch die Dämmung genommen, und es wäre noch kälter geworden.

Ich ging in das Zimmer meines Vaters. Als hätte er seine Sachen vor einem Feuer absichern wollen, waren bis auf die zwei Sofas alle Möbel aus Metall. In den Schränken standen Akten, die er sich vermutlich seit Jahren nicht mehr angesehen hatte. Die Regale waren voller Bücher: *Visual Basic 3.0, ANSI C, Turbo Pascal*, las ich. Mein Vater hatte mir mal irgendwas von Programmiersprachen erzählt. Eigentlich waren es Hefte in der Form und Größe von Ziegelsteinen. Ich zog eins heraus und blätterte ein bisschen darin herum. Diese Bücher waren billig gedruckt, ich verstand kein Wort. Der Inhalt schien mir nicht besonders wichtig im Vergleich zu

Sachbüchern, die meine Eltern besaßen zu Themen wie Pazifismus, Emanzipation und Bio-Anbau. Auf keinen Fall würde ich alle Bücher auf einmal verbrennen können. Mein Vater kam manchmal noch hoch und nahm sich ein paar Sachen mit, wenn er uns besuchte, aber ich könnte nach und nach ein paar von den dicken Programmierbüchern wie Holzscheite in den Ofen werfen.

Neben den Regalen stand eine Kiste mit Unterlagen aus der Zeit, als mein Vater Vorsitzender bei den Grünen gewesen war. Die Sonnenblume in Schwarz-Weiß, selbst gebastelte Hefte mit Löwenzahnblättern als Titelbild. Atomkraft-Nein-danke-Aufkleber. Wahrscheinlich hatte er die Kiste seit dem Umzug auf den Hof nicht mehr ausgepackt.

Ich schüttelte mich vor Kälte. Höchste Zeit, meinen Ofen zu heizen. Ich legte ein paar Bücher auf die Kiste mit den Sachen von den Grünen und trug sie hinaus in den Flur. Dort stellte ich sie erst mal ab.

Das Dachgeschoss gab es noch. Auch das hatte keine richtigen Böden, abgesehen von einem kleinen Raum, in der Mitte, der früher eine Räucherkammer gewesen war. Der Boden dort war aus Stein, die Wände aus schwarz angelaufenen Ziegeln, und es gab nur ein rundes Fenster, unter dem der kaputte Fernseher stand. Es roch nach Rauch, immer noch, obwohl wir die Räucherkammer nie als eine solche genutzt hatten. Lasse hatte hier mal ein paar Wochen gewohnt, nachdem er sich mit Ronja gestritten hatte. An einer Wand lag noch die Matratze neben Kisten mit Spielzeug, einem alten Leiterwagen aus Holz, Lego und Playmobil. Einen Großteil unserer Kuscheltiere hatten die Hunde zerfetzt, meine Barbie-Sachen hatte ich Anna für meine Nichten geschenkt. Die hölzernen Eisenbahnschienen und die Bauklötze würden wahrscheinlich ganz gut brennen, aber ich würde es nie übers Herz bringen, sie in den Ofen zu werfen.

Meine Finger waren so kalt. Ich lief die Treppen runter, mit lauten Schritten auf dem alten Holz. Ein Hund fing an zu bellen. Ich hievte die Kiste hoch und ging, sie so balancierend, dass keines der Bücher herunterrutschte, zurück ins Erdgeschoss. Der Rehpinscher lag in dem Körbchen unter der Garderobe und knurrte, aber ich beachtete ihn gar nicht und stellte die Kiste in meinem Zimmer ab. Ronja öffnete ihre Tür.

»Was hast du oben gemacht?«, fragte sie.

»Nur ein paar Sachen gesucht.«

Sie sah mich misstrauisch an, in Lasses alte Daunenjacke gehüllt wirkte ihr Kopf zu klein und bleich für ihren Körper. In den Händen hielt sie noch ihren Füller, und an einer Seite waren ihre Lippen blau verfärbt, als hätte sie sich ihn aus Versehen verkehrt herum in den Mund gesteckt.

»Und was ist in der Kiste?«

»Nur Sachen für einen Vortrag. Muss ma gucken, ob das was ist. Ich wünschte, wir hätten Internet.«

»Die, die immer alles aus dem Internet vorlesen – da steht total viel, was gar nicht stimmt.«

»Ja, ich weiß.«

»Na ja, ich mach mal weiter«, sagte Ronja und ging zurück in ihr Zimmer, während ich mir auf dem Weg in die Diele ein Stück Haut neben dem Zeigefingernagel abbiss. Ich stand mit meinen Hausschuhen in der eisigen Luft und wartete, bis die Leuchtstoffröhren aufflackerten. Dieser Teil des Hauses war noch viel größer als der Wohnteil. Warum hatte ich nicht sofort hier angefangen? In den alten Kuhställen, die von beiden Seiten der Diele abgingen, lagerte immer noch aller möglicher Kram. Auf der einen Seite waren früher die Kohlen und das Brennholz, das Heu für die Ziegen und jetzt nur noch die Reste davon und Werkzeug und unsere alten Fahrräder. Auf der anderen Seite standen Regale mit verstaubten Pfandflaschen, Werkzeugkisten, Angelkoffer, Marmeladengläser. Das Gerümpel konnte man nur überklettern oder winzige Lücken finden, in die man treten konnte. Drei kaputte Waschmaschinen, zwei DDR-Schleudern, die meine Mutter mal unbedingt hatte haben wollen, als wir die Wäsche nur noch mit der Hand waschen sollten, alte Autoreifen, ein Korbstuhl mit durchbrochener Sitzfläche, Katzenkratzbäume und Transportboxen, Blumentöpfe und Hundenäpfe, Drahtreste und Zaunrollen. Durch die zerbrochenen Fenster blies ein eisiger Wind. Das Feld hinter der Ostweide war schneebedeckt, und in der Ferne, fast schon am Wald, sah ich ein paar dunkle Punkte, die wahrscheinlich Rehe waren.

Ich setzte meinen rechten Fuß zwischen einen Blumentopf und ein Stück Hühnerdraht und angelte mir den Korbstuhl an einer Lehne aus der Ecke, legte ihn auf den Boden und trat mit aller Kraft auf die Seite. Das Geflecht gab überraschend leicht nach, und der Stuhl lag zerbeult da. Ich trat noch mal drauf und noch mal. Die Reste des Stuhls konnte ich nun ganz einfach in ofengerechte Stücke auseinanderziehen.

Die Holzsplitter waren überall unter den Stuhlresten auf dem Boden verteilt und weit darüber hinaus geflogen. Panik kam in mir auf, sie würden mich verraten. Wenn meine Mutter jetzt nach Hause käme, würde sie all die Splitter sehen.

Ich brachte die Stuhlteile so schnell es ging in mein Zimmer und sah erst als ich wieder herauskam die Spur von Holzsplittern, die sich von der Diele über den Flur bis vor meine Zimmertür zog.

Meine Mutter war ruhiger nach dem Tod ihres Vaters. Sie war nicht öfter zu Hause, weil sie meine Großmutter bei Anna besuchte, sie zum Arzt fuhr und die Beerdigung organisierte, aber irgendwas hatte sie ruhiger gemacht. Die Wochenenden verbrachten wir im Haus meiner Großeltern. Es musste so schnell wie möglich verkauft werden, weil es jeden Monat Geld kostete. Kurz hatte ich gehofft, wir würden von dem Erlös aus dem Verkauf in Zukunft besser leben können, wir würden vielleicht doch noch ein Badezimmer bekommen und ich eine von diesen Schlaghosen, die in der Schule gerade alle wollten, aber meine Mutter machte uns ziemlich schnell klar, dass wir mit dem Geld erst mal einen Großteil des Kredits für unser Haus würden abbezahlen müssen, weil mein Vater nicht mehr bereit war, noch länger dafür aufzukommen. Außerdem verdiente sie kein Geld. Alles, was sie für die Tiere tat, war ehrenamtlich, kostete aber eine Menge Sprit.

Meine Großeltern hatten Bücher auf drei Etagen und jede Menge Krimskrams aus den vergangenen sechzig Jahren. Ich war für den Trinkkeller zuständig. Auch wenn ich es leichtsinnig fand, einen Luftschutzkeller aufzugeben, verstand ich, dass wir das Haus nicht nur wegen des Kellers behalten konnten. Ich stand auf dem großen Tisch, um an die Bücher in den Regalen unter der Decke zu kommen, und stapelte sie in Kartons zu meinen Füßen. Ein ganzes Regalbrett war voll mit Büchern von Erich von Däniken, *Zurück zu den Sternen: Argumente für das Unmögliche, Erinnerungen an die Zukunft*. Ich erinnerte mich an eine Dokumentation, die ich mit meiner Großmutter gesehen hatte, als Helge und ich mal bei meinen Großeltern geschlafen hatten. Darin ging es um Außerirdische, die vor Tausenden von Jahren auf der Erde gelebt und den Menschen beim Bau der Pyramiden geholfen hatten. Diese Außerirdischen waren die Vorbilder für die Götter der ägyptischen Mythen. Sie brachten den Menschen die Nutzung von Elektrizität bei, wovon Abbildungen auf Wandreliefs zeugten. Irgendwann hatten die Außerirdischen das Interesse an den Menschen verloren und waren auf ihre Planeten zurückgekehrt, aber es war nur eine Frage der Zeit, bis sie zurückkommen würden. Nachdem ich diese Dokumentation gesehen hatte, bekam ich Angst davor, allein aufs Plumpsklo zu gehen. Ich glaubte, Außerirdische könnten mich entführen. Das sei schon ein paar Mal vorgekommen, in den USA, hatte meine Großmutter erzählt. Auch unser Nachbar hatte schon zwei Mal UFOs gesichtet, beim Mähen auf den Feldern. Wenn ich über unseren Hof ging, in dieser Zeit, glaubte ich, sie flögen über die Monokulturflächen, die unser Dorf umgaben, und wenn ich hochsah in den sternenübersäten Himmel, der so leuchtete, als wäre dort sehr viel los, war ich fest davon überzeugt, dass auf der Milchstraße UFOs unterwegs waren.

Die Kisten waren viel zu schnell so voll, dass ich sie nicht mehr bewegen konnte und keine weiteren Bücher hineinpassten, also begann ich die Fotoalben anzuschauen, die sich auf dem letzten Regalbrett reihten. Es gab eins, in dem nur Bilder meines Urgroßvaters neben erlegten Wildschweinen eingeklebt waren. Ein Album, in dem meine Großmutter auf unterschiedlichen Pferden saß, die Siegerschleifen an ihren Trensen trugen, mein Großvater mit seinem Lieblingshund und jede Menge Leute, die ich nicht zuordnen konnte. Auf einem dicken roten Album stand »Anna« in einem Schriftzug aus gelben Plastikperlen. Meine Halbschwester war Ende der Sechziger geboren. Sie hatte pechschwarzes Haar, schon als Kind, und die leuchtend blauen Augen meiner Mutter. Meine Großeltern hatten Anna geliebt und verwöhnt. Von uns vier Kindern gab es keine Alben mehr, nur ein paar Fotos in einem kleinen Plastikalbum, in dem man die Bilder hinter Klarsichtfolien schob.

Meine Mutter kam die Treppe runter, um zu sehen, ob ich noch freie Kartons hatte. Als sie meine vollgepackten Bücherkisten sah, meinte sie, die seien viel zu schwer und ich müsse die Hälfte wieder auspacken.

»Wir können keine Männer engagieren, um die Kisten zu schleppen«, sagte sie. »Außerdem gehen die so sofort kaputt.«

Ich packte die Kisten also teilweise wieder aus, sodass selbst ich sie die Treppen hochtragen konnte.

Bei der Fahrt zurück spürten wir, dass der Trabi tiefer hing und wir nicht mehr so schnell waren wie sonst. Als wir die Einfahrt zu unserem Hof hochfuhren, setzte der Wagen mit der Unterseite auf dem grasbewachsenen Mittelstreifen auf, es machte ein schleifendes Geräusch, das auch auf dem Hof, als wir wieder ebenen Grund unter den Reifen hatten, nicht verschwand. Während meine Mutter mit der Taschenlampe unter den Wagen leuchtete, schleppten wir die Kisten ins Haus. Mittlerweile gab es kaum noch Mechaniker, die Trabis reparierten, einfacher und billiger war es, gleich einen neuen zu kaufen, für ein paar Hundert Mark, Hauptsache es ging schnell, denn ohne Auto waren wir aufgeschmissen.

»Aber von dem Geld vom Haus können wir uns doch auch mal ein besseres Auto kaufen«, sagte ich am Abendbrottisch.

»Ein besseres Auto, was soll denn das sein?«

Meine Mutter rief noch am selben Abend den Händler an, der ihr immer alle Trabis verkauft hatte, und er meinte, er könne ihr in zwei Tagen einen neuen vorbeibringen.

Nur für die Möbel hatte meine Mutter ein Umzugsunternehmen engagiert. Es war ein regnerischer Tag, an dem die Männer die Schränke, Tische und Sessel aus dem Haus trugen.

Mir drückte meine Mutter eine kleine Schaufel in die Hand, mit der wir auch schon Blumen auf das Grab meines Großvaters gepflanzt hatten. Ich sollte so viel Efeu wir möglich auspflanzen und auch die wilde Rose meiner Großmutter auf Waldis Grab.

Also lief ich in den Garten. Es gab so viel Efeu, ich wusste nicht, wo ich anfangen sollte. Neben dem großen Stein begann ich die Erde etwas aufzulockern, doch die Wurzeln waren so leicht aus der aufgeweichten Erde zu lösen, dass ich die Schaufel kaum brauchte. Ich zog die langen Efeuschlangen aus dem Boden und legte sie übereinander auf den Rasen. Ich würde auch die Wege unter den Nadelbäumen vermissen und die Johannisbeerbüsche, auf die mein Großvater so stolz gewesen war, aber sie waren zu alt, um sie auszupflanzen. Der Onkel meiner Mutter hatte das Haus selbst gebaut, war das nicht Grund genug, es zu behalten? Regentropfen liefen über meine Stirn, das Wasser tropfte mir schon aus den Haarspitzen. Ich dachte an die wenigen Monate, in denen wir alle zusammen in dem Haus gewohnt hatten, und fragte mich, was passiert wäre, wenn wir einfach hiergeblieben wären.

Ich riss den Efeu aus dem Boden, bis meine Mutter nach mir rief. Im Haus war es stiller geworden. Viel zu schnell grub ich die Rose aus, deren Stacheln blutige Kratzer an meinen Handrücken hinterließen.

Den Eimer mit den Pflanzen stellte ich in den Fußraum des Beifahrersitzes.

»Wo bleibt Mama denn jetzt?«, fragte Ronja.

Ich überlegte, auch noch mal ins Haus zu gehen, um mich zu verabschieden, aber meine Schuhe waren so schlammig von der Arbeit im Garten, ich hatte schon Matschklumpen auf den Steinplatten der Wege hinterlassen, wenn ich jetzt die Vortreppe wieder dreckig machte, kamen wir nie los. Also setzte ich mich auf den Beifahrersitz, um etwas vor dem Regen geschützt zu sein.

»Sieht alles super aus«, sagte meine Mutter. »Ich danke euch, Kinder.« Sie schlüpfte in die Latschen, die neben der Haustür unter dem Vordach standen, und zog die Tür ins Schloss.

»Habt ihr die Mülltüten?«

»Ja«, sagte Ronja mit müder Stimme.

Meine Mutter ging noch mal den kleinen Weg am Haus vorbei, blieb am Ende stehen und sah in den Garten.

»Ja, sieht alles gut aus.«

»Ich mach das Tor zu«, sagte ich.

Meine Mutter stieg ein, und der Motor sprang scheppernd an. Der Trabi rollte rückwärts zur Einfahrt hinaus und bog auf die Straße, und ich zog das morsche Tor zu, erst die eine, dann die andere Seite, ließ den Riegel zuschnappen und sah noch mal zu dem Haus hinter den alten Nadelbäumen, bevor ich die Autotür öffnete und mich auf den Beifahrersitz fallen ließ. Den Efeu-Eimer klemmte ich zwischen meine Füße.

Der Abschied lag schwer in dem kleinen Wagen, als

wir an der Tankstelle abbogen und auf die Umgehungsstraße hinausfuhren.

»Warum sind wir eigentlich nicht länger hier wohnen geblieben?«, fragte ich, um die Stille zu durchbrechen.

»Das Haus war doch viel zu klein«, sagte meine Mutter. »Ihr hättet nie ein eigenes Zimmer haben können. Außerdem wollte ich schon immer auf dem Land leben.« Meine Mutter fuhr ruckartig an. Wasser schwappte aus dem Eimer über meinen linken Schuh und sickerte durch die Socke bis auf meine Haut.

Ich stand neben den Einkaufswagen vor Sky. Es war der letzte Mittwoch vor den Weihnachtsferien. Das letzte Mal in diesem Jahr, dass meine Mutter mich abholen musste, aber sie kam nicht. Es war stürmisch, nass und eiskalt. Der Schneeregen schlug mir ins Gesicht, und ich zog mich weiter unter das Vordach zurück, unter dem auch eine Frau mit Einkaufswagen stehen geblieben war, neben einem Bauarbeiter mit Brötchentüten im Arm. Eine jüngere, stark geschminkte Frau ließ sich von dem Wetter nicht aufhalten, sie setzte ihre Kapuze auf und lief mit ihrer Einkaufstüte zu dem orangefarbenen Kleinwagen. Die, die mit mir warteten, sahen hinaus in den Schneeregen. Bei jedem Auto, das ich hörte, sah ich zur Straße hinüber und glaubte, es müsste der Trabi meiner Mutter sein. Sie wusste, wo ich war. Sie wusste, wie kalt es war. Sie wusste, wie lange ich schon wartete.

Als der Schnee weniger wurde, gingen die Frau mit dem Einkaufswagen und der Bauarbeiter mit raschen Schritten zu ihren Autos. Nur ich blieb stehen, und ein Alkoholiker setzte sich mit seinen Schnapsflaschen vor das Fenster der Gemüseabteilung. Ich überlegte, doch in den Supermarkt zu gehen, wenigstens kurz, um mich aufzuwärmen, mir einen Kakao zu kaufen, vielleicht wenigstens das, oder eine der Kassiererinnen zu fragen, ob sie noch Aushilfen suchten. Wenn ich schon ständig auf meine Mutter wartete, könnte ich auch gleich ein paar Stunden länger bleiben und dafür Geld bekommen. Vielleicht würde es ihr besser passen, mich später abzuholen. Ich stellte mir vor, wie Leonardo DiCaprio bei mir an der Kasse eine Flasche Saft und Kaugummis kaufte, mit mir ins Gespräch kam, sich in mich verliebte und mich mit nach Los Angeles nahm, in seine riesige Villa mit Pool. Ich stellte mir vor, wie Steffen aus der Elften bei mir Cola und Zigaretten kaufte, mich anlächelte und wir miteinander sprachen.

Jetzt, dachte ich, müsste sie jeden Augenblick kommen. Wäre ich doch schon vor zehn Minuten zum Bäcker gegangen, dann hätte ich meinen Kakao schon getrunken und mir wäre nicht mehr so kalt. Ich holte mein Portemonnaie raus. Zwei Mark siebzig hatte ich noch. Davon könnte ich mir sogar einen kleinen Kakao und ein Brötchen holen. Ich bin gleich weg, sagte ich mir. Ich werde abgeholt, von meiner Mutter. Ich warte hier nicht mehr lange. Ich werde gleich abgeholt.

Auf dem Weg in den Supermarkt drehte ich mich immer wieder um. Wenn meine Mutter doch noch vorfuhr, konnte ich sofort wieder hinauslaufen.

Zwei Kassen waren offen. An Kasse vier saß die jüngere Kassiererin mit den pinken Haarsträhnen, an Kasse drei die alte unfreundliche. »Freundlich sein muss man nur im Kapitalismus«, hatte meine Mutter mir mal erklärt, kurz nachdem wir in den Osten gezogen waren. »In der DDR konnte man froh sein, wenn man überhaupt irgendwas kriegte.«

Bei der Jungen standen nur zwei solariumgebräunte Frauen an, die dabei waren, ein paar kleine Sektflaschen zu bezahlen.

Ich wartete darauf, dass sie ihr Wechselgeld zurückbekamen, und sah wieder aus dem Fenster, aber es war immer noch kein Trabi in Sicht.

»Ich wollte mal fragen, ob sie noch Kassiererinnen suchen?«

»Also da musst du mit dem Filialleiter sprechen«, sagte sie und rief ihrer Kollegin zu: »Ich mach wieder zu.« Sie schloss ihre Kasse ab und stand auf.

»Hier is zu«, sagte sie zu einem elegant gekleideten Mann, der gerade eine Packung Milch auf das Band legen wollte. Die Kassiererin zwängte sich durch die Plastiktür und lief um mich herum.

»Und wo ist der Filialleiter?«

»Der hat schon Feierabend. Da musst du mal vormittags kommen«, sagte sie und klickte die Schranke neben der Kasse zu. »Wie alt bist du denn?«

»Sechzehn.«

Sie musterte mich, als würde sie es schon bereuen, mir diese wichtige Information gegeben zu haben. Und vielleicht war es ja auch unverschämt von mir zu glauben, ich könnte als Gymnasiastin einfach so ihren Job machen, für den sie wahrscheinlich eine Ausbildung absolviert hatte.

»Dann komme ich vormittags wieder. Vielen Dank«, sagte ich.

Mein Herz klopfte, und ich fühlte mich hellwach, als ich durch die Schiebetüren nach draußen trat. Ich hatte es tatsächlich getan, eine Kassiererin angesprochen, und es schien nicht mal so abwegig, dass ich bei Sky arbeiten würde. Ich stellte es mir zwar unangenehm vor, meine Klassenkameradinnen zu bedienen, die mit ihren Markenklamotten vorbeikommen und Schokoriegel und Zigaretten kaufen würden, aber schlimmer, als ihnen in der Schule zu begegnen, konnte das auch nicht sein. Bei dem Gedanken, selbst verdientes Geld in der Hand zu halten, musste ich grinsen. Wahrscheinlich bräuchte ich ein eigenes Konto und dafür die Unterschrift meines Vaters.

Aus Versehen lächelte ich den Typen an, der gerade auf die Schiebetür zuging. Er trug eine graue Arbeitshose, mit Taschen überall an den Beinen, und lächelte zurück, als er an mir vorbeiging. Ein roter Ford fuhr auf den Parkplatz, dann ein schwarzer Geländewagen, ein silberner Skoda. Der Schneeregen nahm wieder zu. Windböen peitschten die Flocken bis vor meine Füße. Ich ging noch ein Stückchen weiter zurück. Ich war froh, dass mich die Mitarbeiterinnen des Supermarktes hier stehen ließen, dass sie mich nie davonjagten oder auch nur fragten, warum ich so lange hier stand.

Ich versuchte meinen Reißverschluss noch weiter nach oben zu ziehen, aber er war schon ganz am Rand, rieb an meinem Kinn. Also vergrub ich die Hände nur weiter in den Taschen meiner Winterjacke und stellte mir vor, wie Steffen mich in den Arm nahm.

Der Typ, den ich angelächelt hatte, war wieder rausgekommen, zögerte aber, in den Schnee hinauszugehen. Er hatte sich noch nicht mal eine Jacke übergezogen, trug nur einen tannengrünen Kapuzenpullover und in den Armen jetzt Cherrytomaten, ein Netz mit roten Zwiebeln und eine Packung Toastbrot.

»Scheiß Wetter, wa?«, sagte er.

Er war vielleicht Mitte zwanzig, schwarze Haare und Bartstoppeln.

»Ja«, sagte ich und hoffte mehr denn je, es würde endlich aufhören zu schneien, dieser Typ würde verschwinden, bevor meine Mutter kam. Ich wollte auf keinen Fall, dass er sie sah, den zerbeulten Trabi, den Hund auf der Rückbank.

»Wartest du schon lange hier?«

»Nee, nee, meine Mutter holt mich gleich ab.«

»Dann ist ja gut«, sagte er und ging durch den Schnee zu seinem Wagen.

Ich sah mich noch mal um, aber auch das Auto, das gerade auf den Parkplatz fuhr, war nicht das von meiner Mutter. Ich war erst ein Mal bei jemandem eingestiegen und mitgefahren, nur drei Kilometer. Ich hatte

Geigenunterricht in meiner ehemaligen Grundschule in Lankow gehabt. Meine Mutter war nicht gekommen, und ich ging irgendwann los, weil ich dachte, ich könnte ja auch laufen, und wenn sie mir entgegenkäme, würde sie mich sehen und bräuchte nicht mehr zur Schule fahren. Das hatte ich schon öfter gemacht, und jedes Mal hatten Wagen mit Männern neben mir gehalten, die mich nach Hause bringen wollten. Ich lehnte immer ab. Aber als ich dieses eine Mal das Dorfausgangsschild passierte, fing es an zu regnen, und ich begann, meine Entscheidung zu bereuen. Es war nicht kalt, der Regen war nur ein warmer Frühlingsregen, und es gab schon einen asphaltierten Fahrradweg am Straßenrand hinter den Apfelbäumen, trotzdem überlegte ich nicht lange, als ein roter Pritschenwagen neben mir hielt.

Auf der Straße war sonst nichts los. Es war der erste Wagen, der überhaupt vorbeigekommen war, und ich sah auch keinen weiteren. Wie immer war ich davon überzeugt gewesen, meine Mutter würde jeden Augenblick kommen.

Ich ging durch das Gras zum Straßenrand, während der Mann hinterm Steuer das Fenster runterkurbelte. Er sah ziemlich harmlos aus mit seinem pickligen Kindergesicht, aber genau das dachten doch alle von denen, die sich später als Serienkiller herausstellten.

»Kann ich dich irgendwohin mitnehmen?«

Ich zögerte.

»Ich tu dir auch nichts.«

»Ja, vielleicht bis ins nächste Dorf.«

»Dann komm mal rein.«

Er begann irgendwelche Sachen vom Beifahrersitz zu räumen, während ich um den Wagen herumging. Als ich die Tür aufzog, wischte der Typ noch Sandkörner und Brotkrümel vom Sitz.

»So«, sagte er.

Ich stieg ein.

»Ich bin Christian.«

»Sophie«, sagte ich. Sophie klang nach einem behüteten, verletzlichen Mädchen, dem niemand etwas tun würde. Es passte zu meiner Geige.

Gleichzeitig dachte ich, okay, so fühlt es sich also an, wenn man vielleicht gleich ermordet wird. Was mache ich, wenn er nicht mehr anhält? Kann ich diese Tür aufreißen und mich auf die Straße werfen während der Fahrt? Ich hatte meinen Geigenkoffer auf dem Schoß und den Rucksack zwischen die Beine gestellt, ihn aber noch nicht losgelassen. Meine Finger krallten sich in die Schlaufe zwischen den Schulterriemen. Vielleicht hing ich doch noch mehr an meinem Leben, als ich gedacht hatte.

Wir fuhren los.

»Und warum läufst du hier so alleine rum?«

»Meine Mutter konnte mich nicht abholen«, sagte ich. »Und es ist ja wirklich nicht weit.«

»Aber bei dem Wetter.«

Ich starrte auf die Straße und überlegte, was ich tun

würde, wenn meine Mutter uns entgegenkäme. Ich würde ihn bitten, mich rauszulassen, und ihr sagen, sie sei an mir vorbeigefahren, hätte mich nicht gesehen, aber sie kam uns nicht entgegen. Niemand kam uns entgegen. Bei jeder Einfahrt, die auf irgendeinen einsamen Feldweg führte, dachte ich, Christian würde bestimmt abbiegen, um mich umzubringen.

»Soll ich dir mal meine Nummer geben?«, fragte er, als wir vor dem Reetdachhaus des Bürgermeisters hielten, das ich als unser Haus ausgegeben hatte.

»Ja, klar.« Ich machte sicherheitshalber schon mal die Tür auf, während er seine Nummer auf einen Zettel kritzelte, den er neben dem Aschenbecher vor dem Schaltknüppel gefunden hatte.

Der Zettel mit der Nummer fiel mir als zusammengeknülltes Kügelchen aus der Hand und verschwand zwischen den nassen Grashalmen, bevor sein Wagen um die nächste Ecke gebogen war.

Ich brauchte ein paar Sekunden, um zu begreifen, dass das Auto, das vor mir im Schneeregen hielt, das von meinem Vater war.

»Wo ist Mama?«, fragte ich, als mein Vater wieder anfuhr und ich mir den Anschnallgurt um den Körper zog.

»Die musste mit Ronja ins Krankenhaus.«

Die Scheibenwischer schoben die matschigen Schneeflocken zusammen, und mein Vater erzählte mir von Ronjas Bauchschmerzen, die sie fast hatten ohnmächtig werden lassen in einer Schulstunde. Meine Mutter habe sie abgeholt und sei mit ihr ins Krankenhaus gefahren. Mehr wusste er auch nicht, aber es sah nach Blinddarm aus.

Ich versuchte meinen Vater davon zu überzeugen, mit mir ins Krankenhaus zu fahren. Ich war noch nie in einem gewesen, aber er meinte, meine Mutter hätte darauf bestanden, dass ich bei den Tieren blieb, und er müsse sowieso nach Hause zu Linda und Lasse.

Als wir eine halbe Stunde später am Straßenrand vor unserem Hof parkten, fiel ihm noch ein, dass er die Weihnachtsgeschenke für uns dabeihatte. Er gab mir zwei gleich große Pakete, eingeschlagen in dunkelblaues Geschenkpapier.

»Das sind diese tragbaren CD-Player, die ihr euch gewünscht habt, aber sag Ronja noch nicht, was drin ist. Und bei Helge weiß ich immer nicht.« Er steckte mir noch einen Briefumschlag zu, auf dem »Helge« stand. »Der mag Geld eh am liebsten.«

»Ich weiß gar nicht, ob der zu Weihnachten kommt.«

»Na ja, bei euch taucht er auf jeden Fall eher auf als bei mir.«

Der Wind wehte mir feinen Sprühregen ins Gesicht, als ich den Efeu einpflanzte. Drinnen hörte ich die Stimmen der Männer, die die Möbel ins Haus schleppten, und ich drückte die Erde fest. »Wachst!«, flüsterte ich. »Wachst!« Da lag noch eine Dachziegelscherbe, die ich zum Abdecken der Wurzeln verwenden konnte. Meine Mutter liebte Efeu, und sie träumte davon, in einem Haus zu wohnen, das vollkommen eingewachsen war mit Efeu und Wein, so wie die Villa, in der wir geboren worden waren. Efeu, der sich die Mauern hochzog, der die zerschlissenen Ziegel verdeckte mit seinen immergrünen Blättern.

Als wir auf den Hof gezogen waren, gleich im ersten Herbst, hatte meine Mutter rund um das Haus Efeu gepflanzt, den sie in einem Gartenmarkt gekauft hatte. Der Efeu sollte sich eigenständig die Mauern hochziehen, wie bei einem verwunschenen Landhaus in Irland, in dem sie als Teenager mal zum Englischlernen gewesen war. In diesem ersten Herbst hatten wir auch unsere Ziegen geholt, und kurz nachdem meine Mutter den Efeu gepflanzt hatte, lief Doris mit einem Efeuzweig im Maul über den Hof. Sie kaute nur ein wenig auf einem Blatt herum und ließ die Ranke dann wieder fallen, weil sie einen Holunderbusch entdeckt hatte.

All das beobachteten wir beim Mittagessen durch das Küchenfenster. Meine Mutter trug mir auf, ich solle gleich nach dem Essen die Ranke aufsammeln, wieder einpflanzen und um diese und alle anderen Efeupflanzen ein Stück Kükendraht spannen, von der Mauer bis zum Boden. Zusätzlich sollte ich Steine auf die Erde über den Wurzeln legen.

Ich kniff mit einer Zange den weichen Maschendrahtzaun in kleine Stücke, wusste aber nicht, wie ich den Draht an der Mauer befestigen sollte. Dort wo Türen waren, hakte ich ihn in die Scharniere. Doch da, wo mir nur die blanke Mauer zur Verfügung stand, bog ich den Zaun lediglich so zurecht, dass er die Pflanze ganz umgab, drückte die Enden gegen die Mauer, klopfte die Erde über den Wurzeln fest und legte Steine auf den unteren Rand des Zauns.

Dass meine Schutzmaßnahmen die Ziegen nicht aufhalten konnten, lernten wir in den Wochen danach. Keine Efeupflanze überlebte den Winter. Auch die Büsche, die meine Mutter um den Hof hatte pflanzen lassen, um uns vor Blicken von außen zu schützen, waren größtenteils dem Appetit der Ziegen zum Opfer gefallen. Zu oft rissen sie sich los, wanden ihre Köpfe aus den Halsbändern oder sprangen über die Zäune, die wir gebaut hatten, um sie auf den Weiden zu halten.

Nun, da wir keine Ziegen mehr hatten, stand dem von Efeu eingewachsenen Haus nichts mehr im Wege. Die Ranken hingen aus dem Wassereimer, der neben mir stand. Meine Finger waren so schnell so kalt geworden, dass sie schmerzten, wenn ich nach einem Stein griff. Aber es war das beste Wetter, um etwas zu pflanzen, jetzt im Herbst, bevor es Frost gab. Und es war der wertvollste Efeu, den ich je gepflanzt hatte. Ich schleppte den Eimer ein paar Meter weiter, ging in die Hocke und schob die feuchte Erde zur Seite. Wenn eine Windböe mein Gesicht traf, konnte ich kurz nicht mehr atmen. Ich legte einen Efeuzweig so hin, dass er die Hausmauer berührte, bedeckte die Wurzelseite mit Erde, klopfte sie fest, sah mich nach einem Stein um, der groß genug war, die Wurzeln zu schützen, und goss ein wenig Wasser aus dem Eimer darüber. Der Sprühregen war wie eine weiche Berührung. Ich stellte mir vor, wie der Efeu diesmal endlich die Mauern hochwuchs und sich über das Dach zog und die Ziegel vor den Stürmen schützte. Das ganze Haus wäre unsichtbar.

Es war merkwürdig still im Haus ohne Ronja, obwohl sie normalerweise nur ruhig in ihrem Zimmer saß und lernte. Es war einfach das Gefühl zu wissen, sie war da. Dazu kam, dass meine Mutter nun noch weniger Zeit zu Hause verbrachte, weil sie jeden Tag ins Krankenhaus fuhr. Ich konnte mich nicht daran erinnern, wann ich das letzte Mal allein gewesen war.

Ich konnte essen, wann und was ich wollte, ohne kommentiert zu werden. Ich konnte Robbie Williams und die Kelly Family hören, so laut ich wollte. Das Beste am Alleinsein war jedoch, dass ich den Ofen heizen konnte, mit allem, was brannte, bis ich dasaß und las, ohne zu frieren. Mein Gehirn taute auf, und ich konnte wieder denken, lesen, sogar an den Mathehausaufgaben hatte ich Spaß. Ich begriff, dass ich nur eine Formel anwenden musste und dann alles ganz einfach ging. Es war so leicht, dass ich dabei entspannte und an nichts anderes mehr dachte.

Ich verheizte meine löchrigen Sommerschuhe, unsere alten Eishockeyschläger, Handtücher, die voller Haare waren, meine Schulsachen aus der Grundschule, all meine *BRAVO*-Hefte und feuchtes Holz, das ich in einem Raum in der Scheune gefunden hatte. Es zischte und qualmte aus der Klappe, aber ich wollte, dass mein Ofen an blieb. Allein schon das leiseste Knacken beruhigte mich. Ich verheizte den Inhalt der Kiste von der Parteiarbeit meines Vaters. In die leeren Ordner heftete ich die Biosachen, die ich bis zum Abitur brauchen würde. Ich verheizte die Programmierbücher und holte mir immer mehr Nachschub aus dem alten Zimmer meines Vaters. Sie verbrannten fast so langsam wie Kohlen. Das Einzige, das ich übrig ließ, waren die Taschenkalender meiner Mutter, die ich ganz hinten in meiner Andenken-Schublade versteckte.

In meinem wärmer werdenden Zimmer packte ich die Weihnachtsgeschenke ein. Für Ronja hatte ich ein Mix-Tape aufgenommen mit Songs, die sie mochte, aber deren CDs sie sich nie kaufen würde. Das Cover hatte ich mit vielen kleinen Foto-Schnipseln von uns beiden beklebt. Für meine Mutter hatte ich in einer Freistunde eine große Kaffeetasse bei Sky gekauft, auf der ein Hund aufgemalt war. Der Henkel war sein Schwanz, und mit den hellbraunen Flecken sah er ein bisschen wie Kalle aus. Beides wickelte ich in Geschenkpapier, das ich ordentlich zusammengefaltet vom letzten Jahr aufbewahrt hatte. Darin war die Musikanlage eingepackt gewesen, die ich von meinem Vater bekommen hatte, und es war so viel, dass es auch noch für Lasses Angelhakenset reichte.

Auf der Suche nach Geschenkband ging ich in Ronjas Zimmer. Auch sie hatte alles, was sie besaß, in ihr

Zimmer geräumt, um es vor den Tieren in Sicherheit zu bringen. Ihre Schuhe, Latschen, Gummistiefel und Turnschuhe standen ordentlich aufgereiht neben der Tür. Die Jacken hingen an einem Garderobenständer, den Ronja mal auf dem Sperrmüll gefunden hatte. Niemals hätte ich irgendwas von ihr nehmen können. Eigentlich war ich doch nur aus Gewohnheit hier hereingekommen.

Ich drehte auf der Schwelle um und ging ins Katzenzimmer. In dem alten Schreibtisch entdeckte ich eine Schublade, die voller Schlüssel war. Ein paar sahen so aus wie die, die wir damals für unsere Türen bekommen hatten, als diese neu eingebaut worden waren. Da wir uns ständig gegenseitig damit ein- oder aussperrten, wurde es meiner Mutter irgendwann zu viel, und sie nahm uns die Schlüssel weg. Der Einzige, der es schaffte, seine zu behalten, war Helge. Auch wenn er jetzt mit seiner Freundin zusammenwohnte, hatte er noch Sachen in seinem Kinderzimmer zurückgelassen, das hatte ich durchs Schlüsselloch gesehen. Er achtete darauf, dass das Zimmer immer abgeschlossen blieb. Da er sich so sehr für den Zweiten Weltkrieg interessierte und die Lust am Experimentieren von meinem Vater geerbt hatte, glaubte ich, er habe selbst gebaute Waffen oder Bomben in seinem Zimmer. Welchen Grund sollte er sonst haben, so streng darauf zu achten, dass niemand es betrat?

Ich nahm ein paar Schlüssel und versuchte, damit Helges Zimmertür zu öffnen, aber sie passten nicht oder ließen sich, selbst wenn ich sie ganz in das Schlüsselloch bekam, nicht umdrehen. Dafür fand ich die Schlüssel zu den Schränken meiner Großeltern, die in dem Zimmer im ersten Stock standen. Drei riesige Schränke voller Geschirr, Teller in den unterschiedlichsten Größen, mit Blumen oder Goldrand, ein chinesisches Tee-Service, Servierschalen und Zuckerdosen, Milchkännchen und Kaffeetassen und Gläser über Gläser, in allen erdenklichen Formen für Bier und Schnaps, Cocktails und Wein, und Gläser, deren spezifischen Verwendungszweck ich nicht kannte. Ich sah meine Großmutter vor mir, wie sie kontrollierte, ob das Hausmädchen die Tafel akkurat gedeckt hatte für die Gäste, die jeden Moment kommen würden. Sie knipste sich die Perlen an die Ohrläppchen und kontrollierte ihr Make-up in dem Spiegel im Flur. Meine Mutter kam die Treppe heruntergestürmt, in einem kurzen karierten Kleidchen und Kniestrümpfen, die ihr bis zu den Oberschenkeln reichten. Sie hasste es, Kleider tragen zu müssen, und die strengen Zöpfe, die ihr das Kindermädchen geflochten hatte.

Ronja hatte all die Gläser eingepackt, in Zeitungspapier. Sie hatten in den Vitrinen in dem großen Wohnzimmer gestanden, das ich meine Großeltern nie hatte nutzen sehen. Ronja beschwerte sich über all die Arbeit mit den Gläsern und dem Geschirr, während Helge derjenige war, der sie erben sollte, als ältester Sohn.

»Helge interessiert sich doch gar nicht für so was«, sagte sie. »Ich versteh das nicht.«

»Ich will diese Gläser sowieso nicht«, sagte ich.

»Das ist eher symbolisch gemeint«, sagte meine Mutter.

»Und ich finde die meisten eh hässlich«, sagte Ronja. Trotzdem hatte sie die Gläser noch stundenlang in das Zeitungspapier eingeschlagen, bis keins mehr da war und sie die alten Hemden meines Großvaters hatte nehmen müssen.

Ich hob den Deckel einer Schüssel hoch in der Hoffnung, darin etwas zu finden, irgendetwas Wertvolles, das wir verkaufen könnten, oder wenigstens Geschenkband, doch alles, was am Boden der Schale lag, war Staub und eine tote Spinne, die die Beine verkrampft um ihren Körper geschlungen hatte.

Beim Anblick der Spinne fiel mir das Heu ein, in dem die Mäuse lebten. Niemand nutzte es wirklich. Ich glaubte mich daran zu erinnern, dass Stroh und Heu nicht gut brannten, wusste aber nicht mehr, ob das nur an der Feuchtigkeit lag.

Ich schloss den Geschirrschrank ab und holte zwei Plastiktüten aus der Küche. Die Trageschlaufen legte ich mir über das rechte Handgelenk, bevor ich die Leiter zum Heuboden nach oben stieg. Als ich durch die Luke kletterte, hörte ich es von unterschiedlichen Seiten tropfen, doch schien das Heu die übrigen Geräusche aufzusaugen. Es war eine Stille, die mir Angst machte.

Ich tastete über die Halme neben mir, sie fühlten sich klamm an, aber vielleicht waren sie auch nur kalt.

Ich ging ein paar Schritte weiter hinein. Hier war das Heu trocken. Als ich über den Ballen tastete, fiel mir das rot-weiß gestreifte Nylonband auf, das das Heu zusammenhielt. Ich zog es ab, und die Platten fielen auseinander. Meine Mutter mochte es sowieso nicht, wenn wir neue Sachen benutzten, und das Band passte perfekt zu dem Geschenkpapier. Ich ließ es runter auf den Dielenboden fallen.

Ich sah nach oben in das Gebälk, dorthin, wo es so dunkel war, dass man eigentlich nichts sehen konnte. Da oben könnten Fledermäuse sein, dachte ich, oder Eulen, die mich beobachteten. Ich griff in das Heu und stopfte es in die erste Tüte. Auch die andere Seite des Heubodens und all die Ecken lösten sich in Dunkelheit auf. Ich ließ die halb volle Tüte liegen und stapfte zu dem Balken, den die Mäuse angeknabbert hatten, schob mit dem Stiefel das Heu zur Seite und bildete mir ein, etwas davonhuschen zu sehen, unter den Halmen. Das Licht war schummrig, und doch sah ich, dass noch mehr von dem alten Holz fehlte. Der abgenagte Teil des Balkens war viel heller und besser sichtbar, das Holz an der Stelle sah zerfleddert aus und sauberer als der Rest. Das Intervall, in dem die Tropfen um mich herum fielen, wurde kürzer. Die offenen Stellen, die bei dem Herbststurm entstanden waren, hatte noch niemand repariert, und ich sah eine Mischung aus Regen und Schnee hereinfallen. Ich trat gegen den Balken, der erzitterte, aber nicht brach. Ich rüttelte mit beiden Händen daran, aber er stand fest.

Ich folgte dem Tropfen, das aus der Richtung kam, in der Tageslicht durch einen Spalt zwischen den Ziegeln fiel. Das Heu darunter war dunkel, und als ich meine Hand darauflegte, spürte ich, wie nass die Halme waren. Schneeflocken fielen auf meinen Handrücken. Auch der Balken daneben war schwarz angelaufen, von oben unter dem Dach bis herunter ins Heu, als wäre die Feuchtigkeit schon über einen langen Zeitraum immer wieder in das Holz gezogen. Ich wich zurück. Meine Schritte ließen den Boden erzittern. Wenn ich jetzt einbrach und schwer verletzt in dem alten Kuhstall lag, würde mich niemand so schnell finden. Viel vorsichtiger, als ich gekommen war, ging ich zurück zur Luke. Ich sah noch mal nach oben in das Gebälk, nahm die Tüten und stieg mit zittrigen Knien zurück auf die Leiter. Das Geländer wackelte, und ich wusste nicht, wo ich mich festhalten sollte. Ich versuchte, weder nach unten noch nach oben zu sehen, bis ich den Beton unter meinen Gummistiefelsohlen spürte.

In meinem Zimmer stopfte ich die Tüte mit dem Heu durch die Ofenklappe. Es war höchste Zeit, etwas nachzulegen. Reste von Glut schienen durch die Asche. Ich setzte mich an meinen Schreibtisch. Das Mathematikbuch lag noch offen da. Ich lauschte, ob das Heu Feuer fing. Draußen fielen dicke wässrige Schneeflocken. Alles, was ich hörte, war der Wind, der in den Schornstein pfiff, und als ich wieder zurück zum Ofen ging und die obere Klappe öffnete, schlug mir hellgrauer Rauch entgegen, unter dem die angesengte Tüte sichtbar wurde. Es roch ein wenig nach verbranntem Plastik. Das Heu hatte auch die letzten Reste der Glut erstickt.

Zwei Tage vor Heiligabend war meine Mutter schon früher zu Hause. Ich hatte gerade mein Besteck zur Seite gelegt, als sie umstürmt von den Hunden in die Küche kam und sich erschöpft auf den Stuhl neben mir fallen ließ.

»Du bist ja früh«, sagte ich.

»Nur weil ich gleich wieder losmuss«, sagte sie und kraulte die Hunde, die sich an ihre Knie drängten. »Und ich wollte dich eigentlich fragen, ob du mitkommen würdest. Ich bin so müde.«

Die Feuerwehr hatte einen verletzten Schwan aus der Eisfläche des Lankower Sees gerettet, den sie nun abholen musste, weil sie Bereitschaft hatte. Am nächsten Tag wollte sie einen Tierpark in der Nähe von Hamburg anrufen und fragen, ob sie den Schwan nehmen würden, aber für heute Nacht musste er erst mal bei uns bleiben.

Wildtiere fand ich spannend, dass wusste meine Mutter, außerdem ließ ich sie nachts nicht gern allein fahren, wenn sie so erschöpft war. Im letzten Winter war sie sogar mal eingeschlafen, der Trabi war von der Straße abgekommen. Nur weil damals hoher Schnee gelegen hatte, war sie nicht gegen den Baum gekracht, sondern vorher stecken geblieben.

Während meine Mutter die Hunde rausließ und fütterte, zog ich mir warme Sachen an und wartete im Auto auf sie.

»Da muss noch 'ne Cola liegen, irgendwo an deinen Füßen«, sagte meine Mutter, als wir schon durch Lankow fuhren.

Zu Ronja hatte sie es nicht geschafft an diesem Tag, aber am Telefon meinte der Arzt, es ginge Ronja schon besser. Sie hatten nichts gefunden, glaubten, dass die Bauchschmerzen psychosomatisch seien, sie mehr essen und sich weniger Stress in der Schule machen solle. Am Tag darauf könne sie wieder entlassen werden. Meine Mutter wirkte erleichtert, und auch ich freute mich, dass Ronja zu Weihnachten zurück sein würde. Ich drehte die Colaflasche auf, reichte sie meiner Mutter und griff nach dem Lenkrad, damit sie in Ruhe trinken konnte.

»Ich glaub, es ist glatt«, sagte meine Mutter.

Eine Mischung aus Raureif und gefrorenem Schnee umschloss die Halme der Gräser am Straßenrand. Ich hielt den Wagen auf der Mitte der Fahrbahn, um Tieren besser ausweichen zu können. Da wir sowieso nur selten anderen Wagen begegneten, war das nicht wirklich gefährlich.

Meine Mutter gab mir die Flasche zurück und übernahm das Lenkrad wieder.

Ich sah aus dem Fenster hoch zum Vollmond, der auf die frostigen Felder schien, dann schimmerte der

See durch die kahlen Bäume der Böschung. Meine Mutter bremste und schaltete, als wir an den Parkplatz mit dem hölzernen Picknicktisch kamen. Erst tauchten zwei Polizeiautos im Scheinwerferlicht auf, ein Feuerwehrwagen stand weiter hinten auf dem Parkplatz. Meine Mutter parkte den Trabi neben dem Tisch. Sie fuhr sich noch mal durch die Haare und trug den Lippenstift auf, den sie immer in der Ablage unter dem Lenkrad aufbewahrte.

»Es ist doch eh dunkel«, sagte ich.

Wir stiegen aus und ich wickelte mir meinen Schal fester um den Hals, während uns zwei Polizisten entgegenkamen.

»So schnell sieht man sich wieder«, sagte der mit dem Bierbauch und reichte erst meiner Mutter und dann mir die Hand.

»Meine Tochter«, sagte sie und schüttelte auch die Hand des zweiten Polizisten, der etwas schmächtiger und jünger wirkte.

»Hol schon mal eine Decke aus dem Kofferraum«, sagte meine Mutter, und ich kehrte wieder um. Der eiskalte Wind wehte mir ins Gesicht. Der Kies knirschte unter meinen Sohlen. Am Mond wehten ein paar Wolkenfetzen vorbei. Das Licht spiegelte sich auf der dunklen Oberfläche des Sees.

Ich drückte auf das Kofferraumschloss und schob die Klappe nach oben. Im Schein des Mondlichts konnte ich die alten DDR-Decken mit braunen Blumenmustern erkennen, die wahrscheinlich irgendjemand gespendet hatte. Die Bäume auf der anderen Seite des Parkplatzes knarrten. Ich griff nach einer Decke und ließ die Kofferraumklappe wieder zufallen. Das Wichtigste war, dass die Tiere nichts sahen, dann hatten sie auch keine Angst mehr.

Ich folgte den Stimmen, die vom Feuerwehrwagen kamen. Dort standen meine Mutter, die Polizisten und ein paar Männer im Licht, das aus dem Wagen auf sie fiel. Der Schwan, in eine goldene Wärmedecke gehüllt, lag im Fußraum zwischen den Rückbänken des Feuerwehrwagens. Die Decke knisterte, der Schwan fauchte. Er reckte seinen weißen Hals aus dem goldenen Körper.

»Er ist nicht gerade freundlich«, sagte einer der Männer von der Freiwilligen Feuerwehr. Er sah aus wie der große Bruder von Steve aus meiner Grundschulklasse.

Ich reichte meiner Mutter die Decke.

»Vielleicht kann ihn mal jemand auspacken«, sagte meine Mutter, und der Bruder von Steve begann von den Gänsen bei sich zu Hause zu erzählen. Er kenne sich aus, alle anderen hätten Angst vor dem Schwan gehabt, aber er wisse genau, wie man den Hals der Tiere halten müsse, damit sie nicht beißen können. Auch meine Mutter wusste, wie man Gänse und Schwäne hielt, aber sie schwieg und sah dabei zu, wie immer mehr von dem Gefieder freigelegt wurde. Es war dreckig und voller brauner Flecken. Ich konnte nicht alles sehen, von meiner Position aus, aber ein Flügel hing schräg zur Seite. Der

Schwan gab piepsige Laute von sich, als wäre ihm das Fauchen im Hals stecken geblieben.

»Okay«, sagte meine Mutter und warf dem Schwan so plötzlich die Decke über, dass alle um sie herum zusammenzuckten. Sie klemmte sich den Schwan unter den Arm und umschloss mit der freien Hand den Hals direkt unter dem Kopf, und ich lief vor, um ihr die Autotür aufzumachen, aber meine Mutter meinte, ich solle ihn doch lieber auf den Schoß nehmen. Also setzte ich mich auf den Beifahrersitz, legte mir eine Decke auf die Beine, und meine Mutter setzte mir den Schwan auf den Schoß.

»Du musst seine Flügel festhalten, damit er damit nicht schlagen kann«, sagte sie. »Und seinen Hals, hier.«

Ich legte meine Hand um den Hals des Schwans. Er fauchte mich an, er fauchte meine Mutter an, die neben ihm den Wagen steuerte.

»Ist ja gut«, sagte sie.

Ich spürte seine kräftigen Flossenfüße durch die Decke auf meinen Oberschenkeln. Der kaputte Flügel rutschte immer wieder nach unten auf meine Knie, und ich schob ihn vorsichtig zurück.

Die Schwere des Vogels beruhigte mich, die Feinheit der Federn. Das Mondlicht fiel durch das Fenster auf sein Gefieder.

Meine Mutter öffnete die Zimmertür. Ich hatte ihre Schritte schon gehört.

»Ich bringe jetzt den Schwan weg«, sagte sie. »Und dann bring ich gleich Lasse mit.«

»Okay!«, sagte ich.

»Ihr könnt ja schon mal alles vorbereiten.«

Ich blieb am Schreibtisch sitzen, hörte, wie sich ihre Schritte wieder entfernten, die Tür, die ins Schloss fiel. Kurz darauf sah ich den Trabi an unserem Garten Richtung Dorfplatz vorbeifahren.

Ich schob meinen Stuhl nach hinten und stand auf, ging in den Flur und klopfte an die Zimmertür meiner Schwester.

»Ja.« Ihre Stimme klang, als hätte sie geschlafen. Ich öffnete die Tür, sah sie im Bett sitzen, an die Wand gelehnt, einen *Harry Potter*-Band auf den Knien.

»Wollen wir in den Wald gehen und gucken, ob wir einen Weihnachtsbaum finden? Oder so was Ähnliches?«

»Ja«, sagte sie, und ihr Blick hellte sich auf. »Wir können ja Kalle mitnehmen.«

»Meinetwegen«, sagte ich. »Aber du nimmst ihn.«

Ich ging zurück in mein Zimmer, zog meine Winterjacke an und schlüpfte in die Stiefel.

Als ich in den Flur trat, hatte Ronja Kalle schon aus dem Schlafzimmer unserer Mutter geholt. Auf dem Weg in die Diele band sie sich die Leine um die Hüften.

»Ich guck noch nach einer Säge«, sagte ich und blieb an der Wand stehen, an der die alten Werkzeugschränke hingen, während Kalle Ronja zum Dielentor hinauszog.

»Kalli«, sagte sie. »Stopp!«

Ich fand einen verrosteten Fuchsschwanz und eine verbogene Gartenschere, die ich mir in die Jackentasche steckte.

Ronjas Stiefel hatten Abdrücke im Schneematsch hinterlassen. Es tropfte von Büschen und Bäumen. Kalle schnüffelte an der Brombeerhecke, zog Ronja weiter, die durch den Schneematsch schlitterte.

»Wie waren deine letzten Schultage noch?«, fragte sie, als wir die Einfahrt zur Straße runtergingen. Ronja musste sich in die Leine legen. Dann blieb Kalle wieder stehen, um irgendwo am Straßenrand zu schnuppern.

Kurz überlegte ich, ihr von meiner Idee zu erzählen, bei Sky an der Kasse zu arbeiten.

»Wir haben vorgestern noch Bio geschrieben«, sagte ich. »Die haben alle bis zum Schluss durchgezogen.«

Als wir auf den Berg hinter dem Dorf kamen, fielen ein paar matte Sonnenstrahlen auf die Wälder. Wir konnten die Türme von Lübeck sehen und das Riesenrad auf dem Weihnachtsmarkt. Die Hügel der Mülldeponie waren schneebedeckt. Ich spürte, wie der große Zeh meines linken Fußes kalt und nass wurde, sah runter auf meine Gummistiefel, konnte aber keinen Riss entdecken.

Die Felder um uns herum waren grün-weiß gefleckt. Auf dem Feld mit Winterraps hatten sich riesige Schneematschpfützen gebildet.

»Weißt du, was du mal machen musst«, sagte ich zu Ronja, »spring da mal rein, so richtig mit deinem ganzen Körper, dann wirst du dich ganz befreit fühlen. Los, mach mal, das gibt echt Energie.«

Ich hatte nicht geglaubt, dass sie es wirklich tun würde, aber sie grinste mich an, als hätte sie gerade eine aufregende Nachricht bekommen, und begann, den Knoten zu lösen, mit dem die Leine um ihren Bauch festgebunden war. Sie drückte mir das Ende der Hundeleine in die Hand und lief los, blieb aber auf der Hälfte des Weges stehen, drehte sich um und sah mich an. Ich rannte auf sie zu, bis sie schreiend weiterlief. Sie ließ sich in die Pfütze fallen, stand wieder auf und sprang noch ein wenig quietschend durch das Eiswasser. Es spritzte. Mit tropfenden Haaren und Hosen rannte sie zu einer noch größeren Pfütze, etwas weiter weg, setzte sich hinein und winkte mir zu. Sie schüttelte den Kopf, die Haare klatschten ihr ins Gesicht. Dann sprang sie auf und lief zurück zu mir.

»Wir müssen jetzt aber schnell nach Hause. Ich kann meine Beine nicht mehr spüren, da ist nur noch irgendwas Kaltes, das ich mit mir schleife, aber es war echt toll.«

Zu Hause setzte ich einen großen Topf mit Wasser auf. Wir hievten die Wanne auf das Kochfeld des Küchenofens. Während Ronja sich in ein Handtuch gehüllt am Ofen aufwärmte, legte ich Kohlen nach und schüttete ein paar Eimer Wasser in die Wanne, bis der Boden gut bedeckt war. In der Speisekammer fand ich noch eine alte Badetablette, die nach Fichtennadeln duften sollte. Als ich zurück in die Küche kam, war Ronja schon in die Wanne gestiegen. Das Feuer wummerte unter den Eisenplatten.

»Ist das nicht noch viel zu kalt?«, fragte ich und reichte Ronja die Tablette.

»Geht schon«, sagte sie.

Ich schaltete den Wasserkocher ein und begoss Ronja mit dem warmen Wasser aus dem Topf. Ihre Haut schimmerte golden im warmen Licht der alten Lampe, die über dem Ofen hing.

»Jetzt haben wir überhaupt keinen Baum, nicht mal Tannenzweige«, sagte Ronja immer noch schlotternd. »Aber immerhin riecht es danach.«

»Und wenn wir morgen mit Lasse gehen?«, sagte ich. »Alle zusammen, wie früher.«

»Aber heute ist doch Heiligabend.«

Ich sah zum Fenster.

»Guck mal, wie dunkel es schon wird«, sagte ich.

Nachdem ich die Wanne gefüllt hatte, ging ich mit der Säge raus in den Garten. Ich wusste, dass unser Nachbar seine eigenen Weihnachtsbäume pflanzte und die kleine Plantage nicht mal durch einen Zaun schützte. Um diese Uhrzeit müsste er seinen eigenen Baum schon geschlagen haben. Wahrscheinlich waren sie jetzt bereits in der Kirche. Wenn ich über das Feld ging, das unsere Höfe voneinander trennte, käme ich direkt zu den Fichten. Es waren so viele.

Ich drückte Rex mit dem Knie zur Seite und schlüpfte durch das Gartentor, ging dann aber nicht hoch zur Straße, sondern schlug mich durch die wilden Pflaumenbäume bis aufs Feld. Dort blieb ich stehen und sah die Fichten in fünfzig Metern Entfernung auf der anderen Seite des Feldes stehen. Meine einzige Sorge waren die Stiefelabdrücke, die ich im Schnee hinterlassen würde. Wenn es dann auch noch fror in der Nacht, wären sie sogar noch besser zu sehen.

Meine Haare verfingen sich in den Nadeln, als ich vorsichtig die Zweige absägte. So weit wie möglich am Stamm, sodass es niemandem auffiel, dass dort mal etwas gewachsen war. Ich nahm nur die untersten und auch nur von den Bäumen, die direkt am Feld standen. Als die Zweige vor mir auf einem Haufen lagen, war es dunkel, und ich hoffte, ich zöge keine Spur aus Nadeln hinter mir her. Meine Jacke hatte grün-braune Flecken, meine Hände waren voller Harz.

»Die haben wir im Wald gefunden, okay?«, sagte ich, bevor Ronja irgendwas sagen konnte. Sie saß immer noch in der Wanne. Ihr Gesicht war mittlerweile knallrot.

Ich ließ die Zweige auf den Küchenboden fallen und scheuchte die Hunde weg, damit sie ihr Bein nicht daran hoben.

»Meinetwegen«, sagte Ronja. »Ich fange hier aber gleich an zu kochen.«

Die Kohlen waren durchgeglüht, ich warf nur noch ein paar nach. In der Küche war es jetzt wohlig warm. Ich legte das Brett wieder neben die Wanne und ein Handtuch auf den Hocker, auf den Ronja klettern konnte.

»Wenn du noch reinwillst, musst du dir aber kaltes Wasser nachgießen«, sagte sie, als sie sich aus der Wanne erhob und ich ihr ein Handtuch nach oben reichte.

Während Ronja sich abtrocknete, schüttete ich noch einen Topf kaltes Wasser in die Wanne und zog mich aus. Das Wasser hatte nur noch ein paar Schaumflecken. Wie dreckig es war, konnte ich in dem schummrigen Licht nicht sehen. Die Bretter, die sich Ronja unter die Füße und den Po gelegt hatte, schwammen nun oben. Als ich in die Wanne stieg, drückte ich sie zurück auf den Boden und setzte mich drauf. Ich schippte mir das Wasser mit den Händen über die Knie, den Rücken und die Brust. Die Wärme tat gut. Sie machte süchtig. Ich schippte und schippte, während Ronja in ihr Zimmer ging. Spinnweben hingen an der Lampe über dem Herd, unter mir schlugen die Flammen gegen die Eisenplatten.

»Dann schmücke ich schon mal los«, sagte Ronja, als sie wieder in die Küche kam. Sie dekorierte die Regale und den Tisch mit den Zweigen, hängte ein paar ans

Fenster und an einen Nagel an der Wand, an dem mal ein Bild gehangen hatte, stellte Kerzen auf und verteilte den Weihnachtsschmuck auf die Zweige. Der Geruch nach Harz und Tannengrün hatte sich mit dem Duft der Badetablette vermischt, und ich spürte, wie mein Kopf immer schwummriger wurde von der Hitze des Wassers. Trotzdem fiel es mir schwer, aus der Wanne zu steigen, weil ich wusste, ich würde mich, sobald ich draußen war, wieder nach der Wärme sehnen.

»Soll ich schon mal den Käse reiben?«, fragte Ronja.

»Kannst du mir vorher noch Handtücher holen?«

Als ich aufstand, stieß ich mit dem Ellenbogen gegen die Lampe, schlug mir ein kleines Handtuch um die nassen Haare und ein großes um den Körper und stieg auf den Hocker.

»Ich kann auch erst mal das Rechaud suchen«, sagte Ronja, kniete sich vor den Küchenschrank und versuchte, die rechte Tür aufzumachen. Die Griffe waren nicht mehr da und der Schlüssel irgendwo verloren gegangen, darum musste man die Fingerkuppen oder die Nägel in den Spalt zwischen Schrank und Tür drücken, um diese aufzubekommen. Ich schlüpfte in meine Hausschuhe und begann mich anzuziehen. Ronja ächzte, dann knallte die Tür auf den Boden.

»Die war doch schon die ganze Zeit locker«, sagte ich. »Da kannst du nichts dafür.«

Sie lehnte die Tür gegen den Schrank und suchte zwischen Backformen und Blechen. Das Licht war schlecht.

Sie musste alles hoch- oder ganz herausnehmen, um auch bis in die letzte Ecke des Faches sehen zu können.

»Nee«, sagte sie, stellte eine Auflaufform zurück, nahm die Tür und drückte sie wieder in die Öffnung.

Um acht war unsere Mutter immer noch nicht da. Wir hatten etwas Wasser abgeschöpft, die Wanne nach draußen geschleppt und umgekippt. Dampfend hatte das Badewasser eine Schneise in den Schneematsch geschmolzen.

Wir hatten das Rechaud auf dem Ofen im Esszimmer gefunden und weil der Spiritus alle war, einen Kohlenanzünder in die Öffnung mit dem Docht gesteckt. Ich schnitt Brot und machte einen Vanillepudding als Nachtisch. Die Hunde sperrte ich in die Diele. Ronja rieb den ganzen Käse, der in Bergen zwischen uns lag. Es war der teuerste Käse, den es bei Aldi gab, und wir naschten und naschten und sagten uns gegenseitig, wir sollten wieder aufhören, damit wir noch Hunger hatten, wenn es Essen gab.

Auf einen kleinen Teller rieb Ronja Muskatnuss, während ich ein paar Knoblauchzehen entblätterte.

»Mama wird bestimmt sauer, weil du Kröte in die Diele gesperrt hast«, sagte Ronja.

»Wie sollen wir denn essen, wenn der die ganze Zeit so pupst?«, sagte ich.

»Nur wegen seiner Wunde, da darf doch kein Frost reinkommen.«

»Na gut, dann hol ihn wieder rein.«

Ich presste den Knoblauch auf den Teller mit der Muskatnuss.

»Und wenn wir sie doch anrufen?«, sagte ich.

»Du weißt doch, wie teuer vom Festnetz aufs Handy ist.«

Als wir das Auto unserer Mutter auf den Hof fahren sahen, sprang Ronja auf und stellte den Topf mit dem Weißwein auf den Ofen. Ich hörte das Dielentor über den Steinboden kratzen, dann die Stimme meiner Mutter, wie sie mit den Hunden sprach. Wir hatten die Schritte gehört, ihre, Lasses und die von den Hunden, aber als die Tür aufgerissen wurde, zuckten wir trotzdem zusammen.

»Wir haben schon alles vorbereitet«, sagte Ronja.

Sie fiel Lasse um den Hals. Seit den Sommerferien hatten wir ihn nicht mehr gesehen. Seine Haare waren jetzt kurz und wasserstoffblond. Eine Farbe, die merkwürdig fremd in unserer schummrigen Küche leuchtete. Genau wie die neuen sauberen Klamotten. Auch seine Stimme hörte sich tiefer an, und er verfiel nicht mehr in das Krächzen, über das wir uns im Sommer noch lustig gemacht hatten.

»Ich muss jetzt erst mal eine rauchen«, sagte meine Mutter, schnappte ihr Feuerzeug und verschwand wieder nach draußen.

»Aber das Essen ist gleich fertig«, rief Ronja ihr noch

hinterher, und Lasse erzählte, dass der Tierpark den Schwan nicht hatte nehmen wollen, weil sie meinten, es sei nichts mehr zu machen. Also hatte meine Mutter den Schwan wieder mitgenommen und in den alten Ziegenstall gesetzt.

Während Ronja den Käse langsam in den Wein einrührte, erzählte Lasse von seinem Eishockeytraining und den Spielen an den Wochenenden.

Kurz bevor wir das Kirschwasser mit dem Mondamin hinzugaben, kam meine Mutter zurück. Die Zigarette schien geholfen zu haben, ihre Laune war besser, und unter dem Arm trug sie ein in Packpapier eingeschlagenes Paket.

»Ich hab auch noch was für euch«, sagte sie. »Es ist eher für uns alle.«

Wir wussten, dass meine Mutter Weihnachten am liebsten gar nicht feierte, darum war es immer was ganz Besonderes, wenn sie uns trotzdem etwas schenkte. Ronja nahm ihr das Paket aus der Hand, und ich rührte weiter.

»Darf ich das gleich auspacken?«, fragte sie mit einem Blick zu Lasse und mir, und dann legte sie das Paket auf einen Stuhl und faltete das Papier vorsichtig auseinander, bis eine Motiv-Klobrille zum Vorschein kam. Es war zwar nicht die mit den Delfinen, aber immerhin eine mit verrostetem Stacheldraht.

Meine Mutter lächelte.

»Ich dachte, die passt besser ins Plumpsklo.«

Eines Morgens im Januar kam kein Wasser mehr aus der Leitung. Es war eine eisige Nacht gewesen, und ich hatte mich schon seit halb vier nur noch hin und her gewälzt und darüber nachgedacht, ob ich mir eine neue Wärmflasche machen sollte, um die letzten paar Stunden noch schlafen zu können. Um halb sechs stand ich schließlich auf, zog mir unter der Decke die Schulsachen an, warf mir meine Wolldecke über die Schultern und ging in die Küche. Normalerweise war Ronja vor mir wach, aber an diesem Morgen war ich die Erste am Wasserkocher. Die Hunde hatten noch geschlafen und regten sich erst langsam.

Ich ging in die Speisekammer und lauschte an Ronjas Tür. Eigentlich musste sie nicht vor sechs Uhr aufstehen, aber ich war mir sicher, sie hatte auch nicht schlafen können.

»Ronja«, flüsterte ich, und als sich nichts rührte, flüsterte ich noch ein wenig lauter.

»Ja«, sagte sie mit müder Stimme, und ich drückte die Türklinke herunter. In ihrem Zimmer war es noch stockdunkel, nur das Licht aus der Speisekammer fiel jetzt herein.

»Aus dem Wasserhahn kommt kein Wasser«, sagte ich.

Ronja hatte diese nicht gesteppte Daunendecke, die auf dem Bett lag wie ein nur halb gefüllter Ballon.

»Ich steh gleich auf«, sagte sie.

»Also entweder es ist eingefroren, oder es wurde abgestellt«, sagte ich.

»Ich komm gleich.«

Während Ronja sich anzog, suchte ich nach einer Taschenlampe, fand aber nur eine winzige, deren schwaches Licht nach wenigen Sekunden erlosch. Als ich sie Ronja zeigte, holte sie aus einer Schublade in ihrer Kommode zwei Batterien, legte sie ein und leuchtete mir ins Gesicht. Atemwölkchen erschienen vor unseren Mündern.

»Na komm«, sagte sie, und wir gingen durch den Flur und die Kellertreppe hinunter. Das Rohr verlief an der Außenwand, die unter der Küche lag, und es sah aus, als wäre es irgendwann mal mit Schafwolle umwickelt worden, doch die hing nun nur noch in modrigen Fetzen herunter. Ich legte meine Finger um das eisige Rohr.

»Ist auf jeden Fall kalt«, sagte ich und ließ schnell wieder los.

»Also das schaffen wir doch jetzt nicht vor der Schule«, sagte Ronja. »Mama soll sich darum kümmern.«

Wir stiegen die Stufen wieder hoch, und ich lief hinaus zu den Wildschweinen, schlug die Eisschicht auf der Regentonne ein und schöpfte einen Messbecher voll, nahm noch ein Stück Eis mit und füllte damit den Wasserkocher. Die ersten Jahre auf dem Hof hatten wir auch nur von Regen- und Brunnenwasser gelebt. Jetzt wusste ich wieder, wie es damals gewesen war, das Wasser abzukochen, durch ein Sieb zu gießen und sich zu überwinden, es zu trinken, obwohl es leicht kupferfarben war.

Als wir am Nachmittag nach Hause kamen, floss immer noch kein Wasser aus der Leitung. Wir hielten ein Feuerzeug unter das Rohr, bis wir uns die Fingerkuppen verbrannten, wir hauchten dagegen und drückten unsere nackten Unterarme gegen das Metall. Hoffnungsvoll lief ich nach oben und drehte den Wasserhahn auf. Nichts. Schließlich ging ich wieder hinaus auf die Wildschweinweide und schlug das Eis auf der Regentonne erneut ein.

Das heiße Wasser füllte ich in unsere Wärmflaschen und nahm diese mit zu Ronja in den Keller. Dort banden wir sie mit alten Strohbändern an das Rohr.

»Jetzt müssen wir nur noch warten«, sagte Ronja.

Als wir hochkamen, sahen wir gerade den Trabi meiner Mutter auf den Hof fahren. Sie hatte uns zwei Pakete Kohlen mitgebracht, mit denen wir den Ofen in der Küche heizen sollten. Im Kofferraum hatte sie noch einen Sack aussortierter Klamotten irgendeiner Kollegin, mit denen wir danach das Rohr einwickeln konnten, damit es nicht wieder einfror, wenn es erst einmal frei war. Sie selbst würde gleich wieder losfahren, weil sie noch eine frisch kastrierte Katze vom Tierarzt holen müsse.

Wir schöpften noch mehr Wasser aus der Regentonne, und ich kochte einen großen Topf Spaghetti und machte eine Soße aus Ketchup, Schmand und geriebenem Gouda.

»Seht ihr«, sagte unsere Mutter, als sie später nach Hause kam, »eigentlich reicht doch Regenwasser. Ihr seid viel zu verwöhnt. Ich weiß gar nicht, warum wir den Anschluss haben legen lassen.«

Sie stellte eine Palette Katzenfutter auf den Küchentisch, und die Hunde sprangen an ihr hoch.

Kalle stand auf dem Stuhl und kratzte wie wild über die Fensterscheibe und den Rahmen. Holzsplitter fielen auf die Fensterbank. Sie mussten sich schon in seine Pfoten gebohrt haben, denn immer mehr rote Tropfen erschienen auf dem weiß-grauen Marmor. Er knurrte, winselte und bellte, und wir wussten nicht, was er gesehen oder gehört hatte.

Es war schon dunkel, und meine Mutter hatte ein paar Mal mit der Taschenlampe zur Küchentür hinausgeleuchtet. Hänsel und Gretel grunzten in der Dunkelheit. Sie fraßen ihre Maiskolben, und die Ratten huschten zwischen den Futtertrögen und dem Gebüsch hin und her, aber das war nichts Neues für die Hunde. Kalle war schon lange nicht mehr so verrückt gewesen, nur weil er die Wildschweine und Ratten vor dem Fenster gesehen hatte. Es musste etwas anderes sein. Ein Reh vielleicht. Rehe machten ihn verrückt, aber sie kamen normalerweise nicht so nah an unseren Hof. Oder Prinz, der Hund unserer Nachbarn. Kalle hasste ihn.

»Vielleicht ist ein Reh nur ganz kurz da vorne über die Straße, und er hat es gesehen«, rief Ronja in das Gewinsel.

»Kalle!«, sagte meine Mutter immer wieder mit schriller werdender Stimme. »Kalle!«

»Er blutet!«, rief Ronja.

Meine Mutter versuchte noch mal, ihn am Halsband wegzuziehen. Er knurrte. Sie ließ los. »Madeleine, was sollen wir denn machen?«

Ich stand nur da. Am liebsten wäre ich in mein Zimmer gegangen und hätte die drei allein gelassen. Am liebsten wäre ich wiedergekommen, wenn all das vorbei war, aber ich wusste, ich würde das Bellen auch in meinem Zimmer hören und die Rufe meine Mutter und mich sowieso auf nichts konzentrieren können.

»Kalle«, wimmerte meine Mutter jetzt.

Immer mehr Blutflecken erschienen auf dem Fensterbrett. Kalle bewegte seine Beine so schnell, dass ich nicht sehen konnte, wo er blutete und wie stark.

»Er ist wie im Wahn!«, sagte meine Mutter. »Ich weiß nicht, was ich machen soll.«

»Kalli«, sagte Ronja. »Ganz ruhig, Kalli.«

»Vielleicht ist es doch wegen der Wildschweine. Ronja, würdest du die mal in den Stall bringen«, sagte meine Mutter in einer ruhigen Stimme, als hätte sie schon resigniert, und Ronja, die froh schien, etwas zu tun zu haben, schlüpfte von ihren Hausschuhen in die Gummistiefel, griff in den Beutel mit den Eicheln, nahm die kleine Taschenlampe und ging hinaus.

Kalle hatte nicht mal gemerkt, dass da eine Möglichkeit bestanden hatte, durch die Tür herauszukommen.

»Hänsel, Gretel«, hörte ich Ronja rufen. »Na kommt.«

Kalle bellte und kratzte.

Meine Mutter holte ein paar Salamischeiben aus dem Kühlschrank und versuchte damit seine Aufmerksamkeit zu erlangen.

»Na guck mal, ist das lecker.«

In dem Moment zerbarst die Scheibe, und Kalle flog hinaus in die Dunkelheit.

»Nein«, sagte meine Mutter und blieb wie angewurzelt stehen, während ich zur Tür stürzte. Wenn Ronja die Wildschweine noch nicht im Stall hatte ... In meinen Hausschuhen lief ich nach draußen, bis ich sehen konnte, dass die Tür vom Schafstall zu war. Ronja stand neben dem Brunnen und leuchtete auf den Boden vor sich.

»Hast du Kalle gesehen?«, fragte ich.

»Der ist da lang«, sagte sie, und der Lichtkegel ihrer Taschenlampe huschte über das Gras in Richtung der Apfelbäume an der Straße.

Meine Mutter stand immer noch an derselben Stelle in der Küche. Ich sah sie ganz deutlich in dem Fensterrahmen, der nun keine Scheibe mehr hatte. Mit einer Hand schützte sie die Flamme des Feuerzeugs am Ende der Zigarette.

Wir wussten, was jetzt kam. Kalle war schon öfter weggelaufen, und wir würden erst wieder an irgendetwas anderes denken können, wenn er sicher im Bett meiner Mutter lag.

»Du nimmst das Auto!«, sagte Ronja zu unserer panisch rauchenden Mutter. »Ich hol meine Jacke!« Sie stürmte durch die Speisekammer in ihr Zimmer.

»Er wird erschossen«, sagte meine Mutter. »Diesmal wird er bestimmt erschossen.«

Sie pustete den Rauch laut in die kalte Küchenluft. Glassplitter ragten aus dem Fensterrahmen. Die Salamischeiben lagen auf dem Tisch.

»Ach Quatsch«, sagte ich. »Du packst jetzt ein paar Würstchen ein und fährst auf den Berg.«

Noch nie hatten wir Kalle mit dem Auto gefunden, aber es war immer das Beste, unserer Mutter in diesem Schockzustand erst mal eine Aufgabe zu geben.

Die Ratten huschten schon wieder über die Futtertröge, als Ronja und ich über die Küchenweide gingen, während meine Mutter mit dem Auto vom Hof fuhr.

»Ich hoffe, er hat sich so doll verletzt, dass er nicht so weit kommt«, sagte Ronja.

»Mach lieber die Taschenlampe aus«, sagte ich. »Wer weiß, wie lange wir die noch brauchen.«

»Aber es ist schöner, wenn wir ein bisschen Licht haben.«

»Du weißt, wie schnell die Batterien immer leer sind«, sagte ich. »Außerdem haben wir fast Vollmond.«

»Na ja, in einer Woche vielleicht«, sagte Ronja.

Der Lichtkegel vor unseren Füßen verschwand. Über den Mond zogen Wolken. Die gefrorenen Grashalme knirschten unter unseren Füßen. Wir wussten, dass die

Jäger unterwegs waren in hellen Nächten. Ich wusste nicht, ob ich wollte, dass Kalle erschossen wurde. Einerseits wäre vieles einfacher, wenn er weg wäre. Er hatte Mathilda und zwei unserer Schafe auf dem Gewissen, zerkratzte die Türen und Fenster, die mal ziemlich viel Geld gekostet hatten und war als Pitbull eigentlich nicht vermittelbar. Andererseits liebten Ronja und meine Mutter ihn mehr als jeden anderen Hund, den wir jemals aufgenommen hatten.

Die Scheinwerfer des Trabis verschwanden hinter der Kurve am Ende der Straße.

»Ich glaub, ich hab was gehört!«, sagte Ronja.

Sie war stehen geblieben und hatte meinen Arm gepackt. Wir standen da und lauschten. Der Wind fuhr durch die kahlen Büsche. Da war das Bellen eines Hundes, weit in der Ferne.

»Das ist nicht Kalle«, sagte Ronja. »So weit weg kann er außerdem noch nicht sein.«

Wir kletterten über den Zaun an der großen Eiche und waren auf der Straße. Von dem Trabi sahen und hörten wir nichts. Es war, als hätte die Dunkelheit ihn einfach verschluckt. Dort, wo der Knick unterbrochen war und eine Auffahrt für Trecker auf das erste Feld führte, blieben wir stehen.

»Er könnte überall sein«, sagte Ronja.

»Aber es bringt nichts, wenn wir Mama hinterhergehen«, sagte ich. »Und er war bisher immer eher in dieser Richtung.«

Das Eis auf den Pfützen zerbrach unter unseren Sohlen, als wir durch die Furchen der Treckerreifen auf das Feld gingen. Die Winterrapspflänzchen lagen erfroren auf dem Lehmboden.

»Gut, dass es so kalt ist«, sagte Ronja.

Ja, sie hatte recht. Wenn keine Minusgrade gewesen wären, hätten wir diesen Weg nicht nehmen können. Meine Lippen waren ausgetrocknet und eingerissen, und ich suchte in meinen Taschen nach meinem Pflegestift, fand aber nur benutzte Taschentücher und Krampen, die in meine Finger stachen.

Ronja blieb wieder stehen. »Stopp«, sagte sie. »Diesmal hab ich wirklich was gehört.«

Ich hörte nichts außer dem Rauschen des Windes in den Büschen und ging einfach weiter.

»Was ist, wenn er schon längst in Neuhof oder Bardowiek ist oder auf der Autobahn?«, sagte Ronja.

»Wir müssen uns nun mal für eine Richtung entscheiden«, sagte ich.

Wenn Kalle sonst weggelaufen war, hatte er sich meist beim Spazierengehen losgerissen, tagsüber. Wenn er ein Reh sah, wand er sich, bis er es schaffte, sich aus dem Geschirr zu befreien. Dann hatten wir gewusst, wohin er gelaufen war.

»Kalle!«, rief Ronja. »Kaaaalle!«

Letzten Winter hatten wir ihn sechs Stunden lang im dicksten Schnee gesucht, bis wir ihn mit seiner Leine im Geäst vertüddelt völlig erschöpft hechelnd fanden.

Auch wir waren mit unseren Kräften am Ende gewesen, aber die Erleichterung ließ uns all das sofort wieder vergessen.

Jetzt sahen wir den Trabi auf dem höchsten Punkt der Straße stehen, dort, wo der Weg zu den Windrädern führte. Die Scheinwerfer erloschen, aber die Karosserie schimmerte noch im Licht des Mondes, und ich meinte die Schemen meiner Mutter zu erkennen, die um den Wagen lief.

»Wenn wir wenigstens ein Handy hätten«, sagte ich. »Vielleicht versteht sie jetzt, dass wir endlich mal eins brauchen.«

»Also sie fährt jetzt bestimmt noch nach Lankow und Duvennest«, sagte Ronja. »Und das ist auch das Beste, was sie machen kann.«

»Aber wenn sie ihn findet, kann sie uns nicht Bescheid sagen.«

»Sie findet ihn bestimmt nicht.« Ronja blieb wieder stehen. »Ich glaub, ich hab was schnaufen gehört.«

»Vielleicht ein Wildschwein«, sagte ich.

»Aber wir haben keinen Baum weit und breit.«

»Es gibt doch auch gerade keine Frischlinge«, sagte ich. »Man muss nur im Frühling Angst haben.«

Ronja holte mich wieder ein.

»Du kannst ja ein bisschen rufen oder stampfen«, sagte ich. »Dann kriegen eh alle Tiere Angst.«

»Warum flüsterst du?«

»Ich flüster doch gar nicht.«

»Doch.«

»Du flüsterst doch auch!«

»Kalle!«, rief Ronja, und im Dorf begannen die Hunde zu bellen. »Ich will ja auch nicht alle aufwecken«, sagte sie.

»Das hören doch eh nur die Hunde.«

»Kaaaaalleee!«

Er war noch nie gekommen, wenn wir ihn gerufen hatten. Wahrscheinlich lief er sogar schneller weg, wenn er uns hörte.

»Ich hab kein einziges Leckerli in der Tasche«, sagte Ronja.

Auch ich hatte Angst. Nicht so sehr hier auf dem Feld, aber der Wald sah ziemlich schwarz aus, und die Taschenlampe würde daran nicht viel ändern. Ich war noch nie mitten in der Nacht im Wald gewesen. Ich drehte mich immer wieder um, hoffte, der Trabi meiner Mutter würde wieder auf der Straße hinter uns auftauchen und sie würde uns zurufen, dass sie Kalle gefunden hatte. Ich durfte mir meine Angst nur nicht anmerken lassen. Ronja war in so vielem viel kompetenter als ich. Sie verschwendete keine Kohlen, keine Nahrungsmittel, trank ungesüßten Kräutertee und wusste genau, wie man in einem eisigen Zimmer für Klassenarbeiten lernte.

»Also in Deutschland gibt es gar keine Tiere, vor denen man Angst haben muss. Die Wölfe sind doch nur in Sachsen«, sagte ich. »Und den Jeep vom Jäger haben wir auch nicht gesehen. Außerdem ballern die nicht einfach so los. Das ist nur Mamas komische Angst. Die gucken sich durch ihr Fernrohr genau an, auf was sie zielen, bevor sie losschießen. Martin aus meiner Klasse macht gerade einen Jagdschein.«

»Aber im Wald darf ich die Taschenlampe anmachen?«

»Ja«, sagte ich.

Der Mond war vollständig hinter den Wolken verschwunden.

»Kaaalle!«, brüllte Ronja durch die Bäume. »Kaaalle!«

»Jetzt sind bestimmt alle Tiere weg«, sagte ich.

Wir stapften durch das Unterholz, und Ronja knipste die Taschenlampe an. Der Lichtkegel fiel auf Farne, Zweige und Blätter. Auch wenn wir den Wald ganz gut kannten, konnten wir uns immer wieder darin verlaufen. Von außen sah er anders aus als von innen.

»Mama kann uns auf keinen Fall morgen in die Schule schicken«, sagte ich.

»Ich geh trotzdem«, sagte Ronja.

Über uns knarrten die Äste der kahlen Bäume. Alles schien so viel lauter in der Dunkelheit. Das Knacken der Zweige unter unseren Stiefeln. Das Rascheln der gefrorenen Blätter, Geräusche in den Büschen von fliehenden Tieren.

»Achtung, Menschen«, rief Ronja in den Wald.

Sie sprach jetzt übertrieben laut, stampfte bei jedem Schritt auf. »Wir kommen!«, rief sie den Tieren zu. »Ich geh in die Schule«, sagte sie ebenso laut zu mir, und auch ich fühlte mich ein bisschen sicherer durch sie und ihr lautes Gerede.

Wir fanden Kalle anderthalb Stunden später am Ufer des Ratzeburger Sees, hechelnd, außer Atem. Mit den Vorderpfoten hatte er die Eisschicht durchbrochen und trank das kalte Wasser.

»Kalli«, sagte Ronja und näherte sich ihm langsam. »Kallilein.«

Sie zog etwas Knisterndes aus ihrer Jackentasche, und als er neugierig auf sie zulief, ließ sie ein Ende der Leine wie eine Schlinge um seinen Hals gleiten.

»Ja, das ist nur ein Bonbonpapier«, sagte sie in einem Ton, als würde sie ihm etwas ganz Tolles berichten. »Das ist nur ein Bonbonpapier, das ich in der Tasche noch gefunden habe, weil ich meine Leckerlis für dich vergessen hab.«

Das Mondlicht fiel gerade durch die Wolken auf die Eisoberfläche. Kalle wich erschrocken zurück und wand sich hin und her, um den Strick wieder loszuwerden, merkte aber ziemlich rasch, dass er nicht mehr die Kraft hatte, sich herauszuwinden. Er trottete uns erschöpft hinterher, und wir sahen, dass er humpelte.

»Ich glaub, es schneit«, sagte ich und nahm die Hände aus den Taschen, um die Schneeflocken auf meiner Haut schmelzen zu spüren.

»Das war wahrscheinlich unser Glück«, sagte Ronja, »dass er sich an den Scherben verletzt hat.«

Als wir wieder aus dem Wald kamen, lag eine dünne Schneeschicht auf dem Feld. Alles schien heller und weniger bedrohlich. Da waren die Lichter der Laternen im Dorf.

»Mama sitzt bestimmt zu Hause und raucht«, sagte ich.

»Oder sie fährt immer noch von Dorf zu Dorf«, sagte Ronja.

Ich stellte mir meine Mutter vor, wie sie seit Stunden mit dem Trabi herumfuhr und immer wieder anhielt, um nach Kalle zu rufen. Jedes Mal, wenn sie den Motor ausschaltete, hatte sie Angst, sie würde den Schuss eines Jägers hören. Schließlich hielt sie auf dem Berg zwischen Restorf und Lankow, um sich mit einer Zigarette zu beruhigen, stieg aus, lehnte sich an die Motorhaube und sah über die Felder, die in der Dunkelheit lagen. Der helle Himmel über Lübeck. Ihr zittriger Daumen ratschte über das Feuerzeug.

Das Licht in der Küche brannte, und die Hunde in ihren Zimmern bellten und fiepten, als sie uns hereinkommen hörten. Durch das zerbrochene Fenster war Schnee gefallen, der nun auf dem Fensterbrett lag, auf den Scherben und den Blutstropfen. Auch auf der Stuhllehne lag eine feine weiße Schicht.

Wir riefen meine Mutter vom Festnetz aus auf ihrem Handy an und sagten ihr, dass wir zu Hause waren und Kalle gefunden hatten. Ich hörte durchs Telefon, wie sie an einer Zigarette zog. Sonst war alles still im Hintergrund.

»Okay, ich komme«, sagte sie nur.

Ronja und ich befestigten eine Plastiktüte mit Reißzwecken vor der zerbrochenen Scheibe. Außerdem stellten wir noch einen Turm aus Ziegelsteinen davor, um die Hunde davon abzuhalten, die Tüte wieder runterzureißen. Als wir die letzten Steine aus der Diele holten, hörten wir den Trabi auf den Hof fahren.

Erschöpft, aber ruhig ließ meine Mutter sich auf einen der Küchenstühle fallen und sah uns dabei zu, wie wir die Steine zurechtrückten.

»Ach, danke, Kinder«, sagte sie und erzählte uns, wie sie alle Straßen abgefahren war, die die Wälder um unser Dorf herum begrenzten, wie sie immer wieder ausgestiegen war und nach Kalle gerufen hatte.

»Aber jetzt geht mal schnell ins Bett, ihr habt doch morgen Schule.«

Die Schneeflocken waren wie kleine Nadelstiche auf meinen Wangen, meinen Lidern, meinen Lippen. Ich setzte die Säge an, drückte den Schalter in den Griff. Der Schneesturm hatte den alten Birnbaum umgeworfen, der auf den Zaun gefallen war. Wir hatten meine Mutter schreien gehört, waren in die Küche gelaufen und hatten sie durch den Schnee stapfen sehen. Die Wildschweine waren dabei, über den am Boden liegenden Zaun zu steigen, der fast vollkommen von einer Schneewehe bedeckt war. Ronja griff nach einer Packung Knäckebrot und lief noch im Schlafanzug hinaus, stolperte durch den kniehohen Schnee, und ich sah ihnen von der Küche aus zu, wie sie Hänsel und Gretel zurück über den Zaun und in den Stall lockten. Immer wieder sackte Ronja bis zu den Knien ein. Die feinen Flocken schienen waagerecht zu fallen. Ich schaltete den Wasserkocher an, machte die Ofenklappe auf, aber da war nur Asche, und der Wind pfiff durch den Schornstein herein.

Als Ronja und meine Mutter ihre Schuhe auf der Treppe vor der Tür abklopften, goss ich gerade heißes Wasser über das Instantkaffeepulver in der Thermoskanne.

»Ich muss ja gleich los«, sagte meine Mutter, immer

noch mit einem Anflug von Panik in der Stimme, »aber ihr müsst euch um den Baum kümmern. Wir können die Wildschweine doch nicht eingesperrt lassen.«

Ronja und ich sahen uns an. Ich konnte mir nicht vorstellen, dass meine Mutter mit dem Trabi durch die Schneewehen kam, aber ich sagte lieber nichts.

»Ich brauche bestimmt ewig, ich mach mich lieber gleich auf den Weg«, sagte meine Mutter und verschwand in ihrem Zimmer.

Von Ronjas Pyjama rieselten immer noch Schneeflocken, als sie sich zu mir an den Küchentisch setzte.

»Das mache ich mit der Motorsäge«, sagte ich, obwohl ich immer etwas Angst hatte, die Säge zu benutzen.

»Aber sei bitte vorsichtig«, rief meine Mutter. »Eigentlich will ich das nicht so gern.«

»Hast du 'ne bessere Idee?«, fragte ich und bekam weder von ihr noch von Ronja eine Antwort. Meine Mutter hatte noch mehr Angst, die Kettensäge zu benutzen, und Ronja war immerhin die Jüngste. Ihr wollte ich das nicht zumuten.

»Du musst aber erst mal gucken, ob die Kette richtig drauf ist.«

Meine Mutter kam mit hochgesteckten Haaren und Make-up aus ihrem Zimmer, trank im Stehen zwei Schlucke Kaffee, warf den Hunden ihre Schweineohren zu und steckte eine Tüte Leckerlis in ihre Handtasche. Die Hunde verzogen sich kauend unter die Stühle, unter den Tisch und auf ihre Kissen am Ofen.

»Vielleicht bin ich auch gleich wieder da«, sagte meine Mutter und verschwand in der Diele.

»Also wenn wir schon schulfrei haben, dann kommt sie doch auch nicht raus«, sagte ich.

»Wir sind eingeschneit, wie gemütlich«, sagte Ronja. »Ich zieh mich an.« Und sie lief durch die Speisekammer in ihr Zimmer.

Mit Stiefeln, Winterjacke und dem Schal, den ich mir bis zur Nase hoch wickeln konnte, war ich wenig später in die Diele gegangen, um die Säge und die Kabeltrommel zu suchen. Der Wind zog pfeifend durch all die offenen Ritzen, die lockeren Ziegel und die zerbrochenen Fenster. In der Abseite, in der die kaputten Möbel und Waschmaschinen standen, hatte es reingeschneit, und eine dicke Schneewehe zog sich von den Autoreifen bis zum Kratzbaum. Schnee lag auch in den Regalen und auf dem alten Küchenschrank.

Die Kabeltrommel stand neben dem Dielentor. An ihr hingen nur ein paar Strohhalme in alten Spinnwebenresten, und die Metallständer waren etwas verrostet, aber das blaue Plastik sah noch sehr gut aus. Als ich den Motor des Trabis anspringen hörte, zog ich das Dielentor auf. Der Schneesturm hatte etwas nachgelassen. Die Fläche direkt hinter unserem Haus war meistens frei bei Sturm. Der Schnee wurde einfach weitergeweht und blieb dann in hohen Wehen auf dem Hof und an den Hängen des Teichufers liegen, und so war es auch diesmal. Die Scheibenwischer des Trabis kratzten über die vereiste Frontscheibe. Meine Mutter fuhr etwas vor, schaffte es zu wenden, doch je weiter sie in den Schnee auf dem Hof fuhr, desto mehr schlingerte der Trabi hin und her, bis er sich schließlich drehte und dem Teich entgegenschlitterte. Erst kurz vor dem kleinen Hang blieb der Wagen stehen, und der Motor ging aus.

Meine Mutter schob die Fahrertür durch den Schnee.

»Es hat keinen Sinn«, rief sie mir zu.

Ich ging schnell wieder ins Haus, um die Säge zu suchen, bevor meine Mutter auf die Idee kommen konnte, mich damit zu beauftragen, den Trabi freizuschaufeln. Als ich im Kuhstall stand und das Dielentor hörte, gefolgt von den Schritten meiner Mutter auf dem Beton, verhielt ich mich ganz still und wagte es nicht, mich zu bewegen. Raureif überzog die Sättel der verrosteten Fahrräder. Ein verlassenes Vogelnest hing zwischen Lenker und dem Vorderlicht von Lasses altem Kinderrad. Die Pfützen unter den undichten Stellen im Dach waren zu schimmernden Eisflächen gefroren. Durch das Fenster sah ich, wie Ronja die Tür vom Plumpsklo freischaufelte.

Schon während ich die Kabeltrommel nach draußen gelegt hatte, war der Schneesturm wieder stärker geworden. Ich hatte sie in eine Mülltüte gewickelt und stand nun mit der Kettensäge im Schnee. Meine Hände spürte ich nicht mehr, aber sie hielten die Griffe der Säge fest umschlossen. Eine Schicht aus Schnee klebte auf meinen

Hosenbeinen, und ich hatte das Gefühl, der Schleim am Ausgang meiner Nasenlöcher war gefroren. Ich drückte das Sägeblatt durch die Rinde und hinein ins Holz. Späne wehten mir ins Gesicht und legten sich auf die Schneedecke. So dickes Holz hatte ich noch nie durchgesägt. Es fühlte sich an, als klemmte der Stamm das Sägeblatt immer stärker ein. Die Säge heulte auf. Sofort ließ ich den Schalter los, und sie verstummte. Als ich das Blatt wieder aus dem nur halb durchgesägten Stamm ziehen wollte, blieb es hängen, und obwohl ich zog und zog und das Sägeblatt sogar kurz berührte und mir die Finger daran verbrannte, bekam ich es nicht mehr heraus. Dafür löste sich die Kette, war aber immer noch eingeklemmt zwischen dem Holz.

Ich ließ die Säge in den Schnee sinken. Das Blatt ragte in die Höhe. Ich hatte Späne in den Augen und Schnee auf den Wimpern, und meine Beine steckten bis zu den Knien in einer Wehe fest. Nur die Kabeltrommel war sicher eingepackt, und ich zitterte, obwohl ich so dick angezogen war. Ich sah rüber zu unserem Haus, mit all dem Schnee auf dem Dach und dem Trabi, der schräg zwischen den Weiden stand. Ein Hauch von Rauch kam aus dem Schornstein. Ich bewegte meine Beine, löste sie langsam, zog erst einen Stiefel heraus und setzte ihn nach vorn, dann den zweiten. Ich nahm die Säge noch mal auf und zog und zerrte. Als sie nachgab, fiel ich rücklings in den Schnee. Kurz dachte ich, ich hätte es geschafft, die Kette zu lösen, doch dann sah ich die zwei rostigen Enden neben dem Sägeblatt auf der Schneedecke liegen.

Als ich in der Nacht zitternd aufwachte, wusste ich, dass das Zittern nicht von der Kälte kam. Ich zog mir die Decke ans Kinn, aber es half nichts. Wind wehte über meinem Bett. Der Zweig klopfte an das Fenster.

»Ja«, sagte ich zu der Linde. Ich fuhr mit den Fingern die Wand hinauf bis zum Riss. Die breiteste Stelle war direkt über meinem Kopf. Ich konnte die Spitze meines kleinen Fingers hineindrücken.

Es war noch dunkel draußen, und ich wusste nicht, wie spät es war, doch mir fehlte die Kraft, meinen Kopf in die Richtung des Radioweckers zu drehen. Die Hunde waren still. Vom Hof gegenüber kam kein Treckerlärm, und auch die Hähne krähten noch nicht. Ich suchte mit meinen Füßen nach der Wärmflasche. Sogar durch die Socken spürte ich, dass sie eiskalt war. Ich musste aufs Klo, aber ich konnte mir nicht vorstellen aufzustehen.

Gleich, gleich, dachte ich, stehe ich auf, gehe aufs Klo und mache mir eine Wärmflasche, oder vielleicht schlafe ich doch einfach wieder ein, dann merke ich nichts von der Kälte. Der Wind fuhr in die gefrorenen Äste der Linde, und ein bisschen Eis rieselte gegen meine Scheiben. Oder war das der Putz des über mir zusammenbrechenden Hauses? Ich zog die Decke noch fester an meinen Hals. Ich roch das Heu, das feuchte Heu und den Ruß, den der Wind durch den Schornstein in mein

Zimmer gedrückt hatte. Ein eisiger Luftzug fuhr über mein Gesicht hinweg, und auf einmal war ich mir nicht mehr sicher, ob das Dach des Hauses überhaupt noch da war. Über mir war alles schwarz, und war das nicht eine Schneeflocke, die auf meiner Wange schmolz? Ich trat in die Diele und sah hinaus in den Schneesturm, der über dem eingefallenen Dach tobte. Die Balken ragten bis auf den Betonboden herunter, dazwischen war alles voller Holz, Heu und Lehm, die Waschmaschinen sah ich nicht mehr. Eine Schleiereule flog durch das offene Dach nach draußen, und erst als Hänsel und Gretel zu grunzen begannen, sah ich, dass sie es sich in dem Lehm-Heu-Berg gemütlich gemacht hatten. Die Mäuse huschten neben ihnen durch die Halme. Flocken fielen bis vor meine Füße, und ich hörte nichts außer dem Wind und dem feinen Knistern des fallenden Schnees.

Ich streckte die Hand aus, um den Luftzug zu spüren.

»Das ist doch schön«, sagte meine Mutter hinter mir. »Schön für die Tiere.« Und Ronja lief zu Hänsel und Gretel, schmiegte sich an Hänsels Körper, der sich grunzend auf die Seite fallen ließ. Eine Maus lief durch Ronjas Haar, aber das störte sie nicht.

Als ich aufwachte, zitterte ich immer noch. Eine Tür fiel zu, ein Hund fiepte. In dem Moment ging auch mein Radiowecker an. *N-JOY Radio. Die beste Musik zu jeder Zeit, jeden Tag, der Sound der Neunziger und das Beste von heute. Wir machen vierundzwanzig Stunden Programm ohne*

Werbung. Bei uns hört ihr das Beste aus Dance, Rock und Pop und natürlich News und Infos rund um die Uhr. Hier ist die Morningshow, und jetzt erst mal die News mit Christiane und Andreas. Ich drückte auf die Schlummertaste und zog meine Hand schnell wieder unter die Decke. Ich schloss die Augen, hörte, wie meine Tür geöffnet wurde.

»Madeleine, wir müssen los.«

»Ich bin krank«, sagte ich.

»Na gut«, sagte Ronja, und die Tür fiel wieder zu.

Das Rauschen musste von dem Schneesturm kommen. Mäuse liefen über die Balken, und als ich an mir herunterblickte, sah ich sie über meine Stiefel huschen. Sie versuchten, den Schaft hochzuklettern, rutschten aber immer wieder an der glatten Oberfläche ab. Es waren so viele, ich sah meine Füße nicht mehr. Ich wusste nicht, wo ich hintreten sollte. Die Vorstellung, einen Schritt zur Seite zu machen und zu spüren, wie ich die Mäuse zertrat, die sich unter meinen Sohlen wanden, war schlimmer, als stehen zu bleiben und zuzusehen, wie es die ersten an den oberen Rand der Gummistiefel geschafft hatten. Ich konnte mich nicht mehr bewegen. Ich sah hoch und sah die Mäuse über die Balken krabbeln. Ich sah wieder hinunter und sah sie meine Jeans hinaufkommen. Sie hangelten sich die Falten empor, die der Stoff warf. Die Mäuse waren so schnell. Schon hatten sie meinen Pullover erreicht. Von den Heuballen aus versuchten sie an meine Finger zu gelangen. Sie hangelten sich an meinen Haaren hoch auf meinen Kopf. Ich wollte sie abschütteln, doch ich konnte mich nicht bewegen. Die Ofenklappe quietschte. Meine Mutter hockte vor meinem Ofen, neben ihr ein in Plastik eingeschweißter Block Kohlen.

»Mama«, sagte ich.

»Ich heiz dir jetzt erst mal, und dann bringe ich dir Zwieback und Tee.«

Die Angst vor den Mäusen war noch in mir. Ich wollte die Augen nicht mehr schließen, sah zur Zimmerdecke, an der ein Spinnwebenfaden zitterte. Die Decke war so hoch, dass ich nicht mit dem Staubsauger drangekommen war. Kohlen knallten in meinen Ofen, eins, zwei, drei, vier, fünf. Die Klappe quietschte wieder zu, und meine Mutter kam zu mir, setzte sich auf die Bettkante, legte mir eine Hand auf die Stirn. Die Haut meiner Mutter war rau und eiskalt.

»Wo ist deine Wärmflasche?«

Als sie die Hand wieder runternahm, sah ich, wie schwarz ihre Finger waren. Sogar in den Rissen und den Rändern der Wunden hatte sich der Kohlenstaub gesammelt.

Mit den Füßen tastete ich wieder nach der Wärmflasche und schob sie unter der Decke weiter nach oben, bis ich sie greifen konnte.

»Mein armes Kindchen, du siehst ganz bleich aus.«

»Ich glaub, ich hab Schüttelfrost.«

»Ich mach dir erst mal die Wärmflasche und einen Tee.«

»Aber siehst du den Riss, da über meinem Bett? Ich hab das Gefühl, da kommt Luft durch.«

»Luft ist ja erst mal nichts Schlimmes.«

Ich trat in den Flur und spürte, dass irgendwas anders war, es war heller als sonst. Ich sah hoch zu den Lampen, doch die waren aus. In den Linden zwitscherten die Vögel, und als ich aus dem Haustürfenster sah, fiel mein Blick auch zum Boden, und ich entdeckte den Efeu, der unter der Tür hindurch in den Flur gewachsen war. Bereits vor Wochen musste er ins Haus vorgedrungen sein. Er hatte schon fast die Scharniere meiner Zimmertür erreicht. Die feinen Wurzelfäden, die die Ranken am Steinboden hielten.

Ich öffnete die Haustür, trat auf die breite Schwelle aus Naturstein und war geblendet von dem gleißenden Sonnenlicht. Ich hielt mir die Hand schützend über die Augen und sah, wie der Efeu zwischen dem Geländer verschwand, aber dahinter sah ich noch viel mehr von den grünen Blättern, fünf oder sechs Stränge zogen sich die Backsteinmauer entlang nach oben, und einer wuchs schon über die Ziegel unter meinem Fenster. Die Sonne legte sich wie eine warme Decke auf meine Haut und meine Haare. Der Schnee war weggetaut. Das Eis auf den Stufen geschmolzen. Überall tropfte es, und die Knospen der Holunderbüsche waren aufgesprungen und gaben das frische Grün der noch zusammengefalteten

Blätter frei. Es war so still, als wäre ich allein auf dem Hof. Ich ging wieder hinein und entdeckte das Licht am anderen Ende des Hauses. In den Fenstern der Durchgangstür sah ich mein Spiegelbild unter den Ästen der Linde. Ich drückte die Türklinke hinunter und trat in die Diele. Das Erste, was ich sehe, sind die Säulen aus Staub im Sonnenlicht.

»Mama«, sage ich.

Ich will rufen, aber ich weiß nicht mehr, wie man lauter spricht. Auch »Ronja« wird nur ein Krächzen.

Nicht mal die Hunde fangen an zu bellen. Durch das eingebrochene Dach leuchtet der blaue Himmel, als läge außerhalb des Hauses eine andere Welt. Die Balken haben einen Teil des Heubodens mit sich gerissen. Das Heu, das sehe ich jetzt, liegt auf dem Steinboden in einem unordentlichen Haufen. Der Schwan sitzt am Rand, als wäre das Heu sein Nest, den Kopf hat er unter das Gefieder gesteckt.

Danksagung

Ich danke Nadja Küchenmeister, Karl Wolfgang Flender, Ursula Kirchenmayer, Elisabeth Botros, Ulrike Ostermeyer, Mimi Wulz, Elisabeth Ruge und Frauke Schneider. Ich danke meiner Mutter und Alrun Herbing.